講談社文庫

銃とチョコレート

乙一

JN167349

講談社

銃とチョコレート

A Gun and Chocolate

CONTENTS

銃とチョコレート

A Gun
and
Chocolate

otsuichi

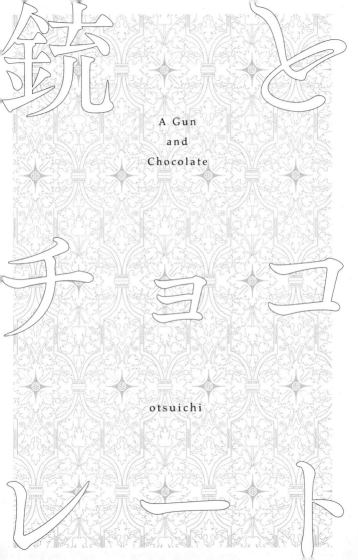

prologue

　オリジンーヌ氏が大金持ちになったのは戦争のときだった。彼はすぐれた弾丸製造器を発明したのだ。機械に鉛《なまり》をいれると、ギー、ガチャン、と一瞬のうちに何十個もの弾丸がでてきた。つかいかたはレバーをひっぱるだけ。女性が子守をしながらでも簡単にできた。ある工場では人手不足のため、クマのぬいぐるみをだいた女の子が機械をうごかしていたらしい。ギー、ガチャン、とつくられた弾丸は別の工場にはこばれて火薬や薬莢《やっきょう》とくみあわされた。彼の会社がつくる弾丸は、やすくて、まっすぐによくとび、敵にあたるといい音がしたという。

　オリジンーヌ氏の所有していた金貨が消えたのは夜中のことだった。ぎー、がたん、ぎー、がたん……。彼はそんな音でねむりからさめた。目をこすってよくみると、風のせいで窓があいたりとじたりしていた。ベッドの上でオリジンーヌ氏はふしぎにおもった。おかしい。ねるまえに窓はしめたはずだ。オリジンーヌ氏は部屋を見まわした。金庫のとびらがあいている。しかも中がからっぽだ。彼はおおごえで使用人をよんだ。

豪邸の庭に無数のパトカーがやってきたとき、番犬たちは夢の中だった。何者かに睡眠薬入りドッグフードをたべさせられたようだ。

「金庫の中には、『英雄の金貨』が入っていたはずなんだ！」

オリジンーヌ氏は顔を青くして警察に説明した。『英雄の金貨』とは、コインマニアなら豪邸を売ってでも手に入れたいとおもうほど、価値のあるものだった。

捜査員たちが金庫のまわりをしらべた。ほどなくして捜査員のひとりが、つくえにおかれている赤いカードを見つけた。

だれかがさけんだ。

「怪盗ゴディバだ！　本部に連絡を！」

以上が、犯行があった夜のできごとである。オリジンーヌ氏は、興奮もさめやらない様子でつぎのようにかたった。

「カードにアルファベットのつづりがあった。【GODIVA】ってね。すぐに警察が持っていったから一瞬しか見られなかったが、たしかそう書いてあった。見まちがいじゃないかって？　それはないさ。だってそのあとで、警察が公式に怪盗ゴディバの犯行だって発表したじゃないか。サインのほかになにか書いてなかったか？　ふうむ、それは秘密だ。警察に口どめされているんだ」


「買いものをたのまれてる。このあと、市場に行こう」

父が言ったので、ぼくは五ヵ月まえの新聞から顔を上げた。

散歩のとちゅう、出店で父がいちばんやすいパンを買ってくれた。公園のベンチにすわってぼくたちはパンをたべた。ぼくがよんでいた古新聞は、パンをつつんでいたものだった。

「いいよ。なに買うの？」

「胡椒《こしょう》だ。金、たりるかな」

「胡椒？　家にまだあったんじゃない？」

「瓶《びん》ごとなくしたんだってさ。母さんが朝にさわいでた」

父がくたびれた上着からくすんだ色のコインをとりだして一枚ずつ数えはじめた。

ベンチのまえを路面電車が騒々しく通りすぎた。ぼくはパンのかけらを口にほうりこんで、よんでいた新聞に視線をもどした。

五ヵ月まえの新聞には、オリジンーヌ氏についての記事がのっていた。ぬすまれた『英雄の金貨』のイラストも印刷されている。どうやら金貨には、神話に登場する英雄の横顔がきざまれていたらしい。『英雄の金貨』盗難事件のことはおぼえていた。当時、ぼくのかよっている学校でも話題になっていた。

「大変だ、怪盗がまたあらわれた！」
「こんどは金貨をぬすんだってさ！」
「なんてわるいやつだろう！」

ぼくと友達は興奮してさけびながら教室をはしりまわったものである。

父が、背中をまるめてせきをした。手の中のコインが石畳にころがった。

「いけね！」

父は道にはいつくばってコインをひとつずつひろった。一個でもなくしたら大変だ。ぼくもかがんでコインひろいを手伝った。石畳のあいだにコインのひとつがはさまってしまった。ぼくと父はほそい木の枝をつかってそれをぬきとった。手垢《てあか》で汚れたコインを数えながら、父がまたせきをした。しばらくまえからずっとこうだ。町はずれにある工場のけむりのせいかもしれない。風むきのせいでけむりは町全体をおおった。家にいるときも父はくるしそうにせきをする。

市場は町の中心にあった。トマトを山づみにして売っている店や、羊肉を切り売りしている店などがあった。ぼくたちは人ごみをかきわけて香辛料《こうしんりょう》の店にむかった。店の目だつところに瓶づめの胡椒がならんでいた。

「たかいよ。もっとやすくしておくれよ」

父は値札を見て、店の主人に言った。店の主人は首を横にふった。

「移民のだんな、ほかの店で買いな」

移民という言葉は正式なものではなく、子どもたちのあいだでしかつかわない言葉だ。店の主人がこの言葉をつかったのは、父をばかにするためだろう。父はなにも言わずにぼくの手をひいて店をあとにした。黒い髪の毛に、まるい形の目。父は移民の血をひいている。だから店でものを売ってもらえないことがある。

「まあそう怒るな」父がぼくに言った。

「なんでぼくたちをけむたがる人がいるの？」

「そのうちに教えてやる」

市場のはずれでぼくたちはふたたび胡椒を発見した。香辛料の店というより、なんでも売っている雑貨屋だった。地面にしいた布の上に、たばこやパイプ、アイロン、十字架のおきものといったものがならんでいた。露店の主人はニワトリのようにやせほそった初老の男だった。父が彼にはなしかけた。

「胡椒をくれ」

「ほかにもなにか買わないか。いまなら特別にやすく売ってあげるよ」

露店の主人は胡椒を紙ぶくろに入れた。

「じゃあ、ついでにその本をもらおう」

十字架のおきもののそばに、茶色のしみをうかべた古本がおいてあった。どうやら聖書のようだった。表紙のふちがところどころほつれている。

「このさき、必要になるかもしれねえからな」

父が金をはらうと、店の主人は聖書と胡椒をおなじ紙ぶくろに入れた。

「まいどあり。いい買いものをしたね。それはほんとうにいい聖書だよ。ふつうのやつじゃない。特別な本さ。いつももっておくといい」

「特別なだって？」

露店の主人はうなずいた。

「何ヵ月もまえのことさ。おれはそのときほかの町にいたんだがね。そこでちょっとしたできごとがあったんだ」

彼の声は神話をかたるようにおごそかだった。

「古くなった教会が火事になったのさ。中にいたほとんどの人は逃げたが、小さな男の子がとりのこされてしまった。そのとき、ひとりの若者が、燃えている教会にかけこんだ。しばらくして若者は、子どもを背負ってそとにでてきた。教会はぜんぶ燃えたが、ふたりともやけどを負っただけですんだよ。でも若者のようすがおかしかった。子どもの親が感謝しておれいを言ってるとき、げらげらわらいころげていたんだ。彼はまるで、すべてがふっきれたように神父にかたった。『まったく、人間ってやつはいつ死ぬのかわからないですね。すべてが燃えてしまうところだった。ねえ神父さん、おねがいがあります、これをうけとってもらえませんか。寄付のつもりなんです』若者はそう言うとかばんから聖書をとりだした。さっき、あんたが買ったのがその聖書さ。まえにいた町で、神父のしりあいという男からそれを買いとったんだ。子どもをすくった聖人の聖書さ」

「たかが古い本じゃないか。うそくせえはなしだ。リンツ、帰ろうぜ」

父がぼくの腕をとってあるきはじめた。うしろから露店の主人のわらいごえがきこえてきた。
「この本、おまえがもっていろ」
父は胡椒と聖書の入った紙ぶくろをぼくにわたした。紙ぶくろはおもかった。

しばらくして父は入院した。肺の病気は深刻だった。ようやくぼくは父のせきが病気のせいだとしった。ぼくと母は何度も父の病室にかよった。父の病室には仕事場のなかまがみまいにやってきた。秋になると、ひからびた枯葉が風にふかれ、町の通りをかさかさところがった。父が死んだとき、ぼくは十一歳だった。

父が死んで三ヵ月後、今度はある富豪の家から『白銀のブーツ』とよばれる宝物がぬすまれた。犯行現場にはトランプ大のカードがのこされており、捜査本部は正式に、怪盗ゴディバの二十回目の犯行であることを発表した。

1章

1　怪盗と地図

その朝、ぼくは冷凍庫のようなダイニングでスープをすすっていた。玄関のそとに人の気配があったのででてみたら、新聞配達人がモロゾフさんの部屋のとびらをたたいていた。

「おとなりは旅行中ですよ」

母が言うと、新聞配達人はこまった顔をした。

「まいったな。これ以上は新聞うけに入らないし」

ぼくと母が住んでいるところはアパートメントの二階だった。玄関をあけるととなりにモロゾフさんの部屋の玄関とびらがあった。その新聞うけはいっぱいで、もう入るすきまはなかった。

「うちであずかっておきましょうか」母が言った。

「そうしてもらえます？」

新聞配達人は新聞を母にあずけてたちさった。ぼくはさむさでふるえた。もうすぐ四月だというのに、まだ空気はつめたかった。母は新聞うけから新聞紙のたばをぬきとった。これまで配達されたぶんもあずかっておくことにしたらしい。

「おじさん、まだかえってこないんだね」

「旅さきですてきな女性でも見つけたのかも」

わが家に入ってもそととおなじくらいさむかった。ガスの代金をはらうのがもったいないという理由でヒーターをつけていないのだ。寝室のクローゼットをあけて、箱の中に新聞をつめこむと、母は両手をたたいて埃《ほこり》を落とした。

「もう学校に行く時間よ。着がえなさい。パジャマで学校に行く気？」

お湯のふきこぼれる音がして、母は台所にもどった。ぼくは新聞の入れられた箱を見つめた。一番上に本日の朝刊がおかれてあり、記事の見出しが目に入った。

『怪盗ゴディバ、またあらわる!?』

母に気づかれないよう、こっそり新聞を手にとってクローゼットをしめた。

学校のしたくをおえてぼくと母は家をでた。アパートメントの階段を下りて石畳をあるいていると、弁当箱をぶら下げて工場にむかう人々とすれちがった。外套《がいとう》を着こんだ彼らはさむそうに背中をまるめていた。ぼくと母は路面電車の発着所にむかった。母のつとめる薬品工場は町の反対がわにあり、あるくと二時間はかかる。だから母はいつも路面電車をつかっていた。

七ヵ月まえに父が入院したころから母ははたらきはじめた。父が仕事にでられないと収入がないからだ。しかし母がはたらいてもらえるお金はすくなく、食費を節約するためにシチューの具は半分にへった。服にあながあいても、簡単にはすてないことにした。母とふたりで家の戸だなをうごかして、下にコインがはさまっていないかどうかを確認したが、幸運はそう簡単に落ちていなかった。

「メリーさん、こんにちは」

交差点ちかくに店をだしている花屋の主人が声をかけてきた。

「こんにちは、花屋さん」

母は花屋のまえであいさつした。父の病室に行くとき、母はそこで売れのこりの花を特別にやすく売ってもらっていた。

「今日も美しい。メリーさん、行ってらっしゃい。ついでにリンツくんも」

花屋はぼくをちらりと見て、つけたすように言った。

母は十八歳のときぼくを産んで、そのときからちっとも背がのびていないらしい。腕もほそく、足も小さく、酔っぱらった父とモロゾフさんから子どもあつかいされていつもぷりぷり怒っていた。花屋の主人はきっと母のことが好きなのだ。母は気づいていないようだが、彼の視線には熱がこもっていた。そして彼がぼくにむける視線は反対にひややかだった。彼はぼくがいることをあまりよろこばしくおもっていないのだ。

母は移民ではなかった。この国の人口のほとんどを占める人種だった。鼻がほっそりしていて、髪の毛もさらさらだ。つまりぼくは移民とそうでない人種との混血児ということになる。花屋の主人がもしも母にプロポーズして再婚ということになれば、彼は移民の混血児をそだてることになる。彼は、ぼくなどいなければいいのに、とおもっているのだ。

路面電車の発着所には職場へむかう人々が列をつくっていた。母は最後尾にならんで、かばんからぼろぼろの財布をとりだした。

「がんばって勉強してきなさい」

母はそう言うと、昼食代のコインをぼくにくれた。

「しってるか。また怪盗ゴディバがでたんだってよ」

ひるやすみに学校の食堂でディーンが言った。彼はサンドイッチをたべていた。

「三ヵ月ぶりじゃないか。こんどはなにがぬすまれたの？」

パンをゆっくりのみこんでデルーカがしゃべった。彼の家はパン屋なので、昼食はいつも売れのこってかたくなっているパンだった。

デルーカがいつもよりおおくパンをもってきていたので、ぼくはそれをわけてもらい昼食にした。おかげで、母からもらった昼食代のコインはつかわずにポケットへしまうことができた。

「事件のこと、新聞にのってたぞ。新聞ならかばんに入ってる」ぼくは言った。

「いいぞ！　いっしょによもうぜ！」とディーン。

校舎裏では下級生の男子が「ロイズとゴディバ」をしてあそんでいた。「ロイズとゴディバ」は、ぼくたちの学校でいちばん、人気のあるあそびだった。ふたつのチームにわかれて、「ロイズ」チームが、「ゴディバ」チームをおいかけて逮捕するのだ。みんないつも「ロイズ」チームになりたがるので、じゃんけんで負けたほうが「ゴディバ」チームに入れられた。

ぼくたちは校舎裏へほうりだされている材木にすわった。

「怪盗ゴディバ、またあらわる、か……」

かばんからとりだした新聞をうけとってデルーカが見出しをよみあげた。

「ほんとうにひどいやつだ！　みんなの財産をぬすんでいくなんて！」

ディーンが怒った声で言った。

新聞には事件のあらましが書かれていた。昨晩、首都にあるペニンシュラデパートに泥棒が入ったらしい。お金を入れていた金庫がからっぽになって、トランプ大のカードがのこされていたという。カードには【ＧＯＤＩＶＡ】とサインしてあり、怪盗ゴディバのしわざにちがいないとかんがえられている。

怪盗ゴディバ。彼がはじめてこの国にあらわれたのはぼくの生まれた年だった。ある日、貴族の屋敷から『ほほえみダイヤモンド』が消えた。かわりにトランプ大の赤いカードがのこされていた。さらに半年後、大富豪の大事にしていた『かなしみの首かざり』が金庫から消えた。うしなわれた国の王女様が身につけていた首かざりだった。金庫にはふたたびトランプ大の赤いカードがのこされていた。どちらのカードにもアルファベットのサインがしるされていた。警察はカードを厳重に保管して新聞記者にも見せなかったが、しるされていたアルファベットのつづりについては公式な発表をおこなった。

『カードに書かれていた文字は、G・O・D・I・V・Aです』

警察がひとつずつアルファベットをよみあげると、それが翌朝には新聞の大見出しをかざった。カードの文字は泥棒のなまえとして国民にしれわたった。

「ちくしょう！　悪党め！」

つみ上げられている材木の上でとびはねながらディーンがさけんだ。

「きっとロイズがつかまえてくれるよ」とデルーカ。

ぼくたちはうなずきあい、おたがいがそうしんじていることを確かめあった。

ロイズというなまえをきくたびに崇高なきもちになる。そうならない子どもはこの国にいない。ロイズは探偵のなまえであり、彼こそぼくたちのヒーローだった。

「いいなあ、首都に住んでる子は。ロイズにあえるチャンスがいくらでもあるんだからな」

ぼくはつぶやいた。ロイズの事務所がある首都は、ぼくたちの住んでいるミッシェル町からはるか西にあった。鉄道をつかって行こうとしても何時間かかるかわからない。ぼくたちは首都でおこる事件とロイズの活躍をいつも新聞やラジオでしった。それらの事件記事は、ぼくたちの胸をおどらせた。

「カフェタッセ通りに行くか?」ディーンが提案した。

午後の授業がおわって、クラスメイトたちがかえりじたくをはじめていた。

「もちろんだ!」

ぼくとデルーカは賛成して、はしって学校をとびだした。

カフェタッセ通りは町の中心をつらぬくおおきな通りだった。玩具屋《おもちゃや》やおかし屋がたくさんならんでいるので、ぼくたちは週に一度、学校がえりにたちよってあそぶことにしていた。

玩具屋にかざられている戦闘機の模型をながめて、ぼくたちはおかし屋に入った。ディーンとデルーカはおこづかいでキャンディーを買った。

ぼくはたなのチョコレートを見つめながら、ポケットの中のコインをにぎりしめてまよった。チョコレートをしばらくたべていなかった。それを買えるお金はポケットの中にあった。昼食代があまっているのだ。しかしこのお金でおかしを買ってしまっていいのだろうか。つかわずにとっておいたほうがいいのではないだろうか。なにせわが家の家計はせっぱつまった状態なのだ。

「まいどあり」

おかし屋の主人がぼくのさしだしたコインをレジにほうりこんで言った。店をでてぼくとディーンとデルーカはおかしのふくろをあけた。ぼくが買ったのはつつみ紙に猫の絵がえがかれているチョコレートだ。かじると舌の上でかけらが溶けた。すこしにがくてあまい味がひろがってぼくは幸福なきもちになった。この世にはなんてすばらしい食べ物があるんだろうか。しかしチョコレートはすぐにおなかの中へおさまってしまった。キャンディーはながく口の中でころがしていられるのに、チョコレートはすぐに消えてしまう。

「もっとながもちするチョコレートがあれば買うのにな!」

あるきながらぼくは主張し、口の中でながくもつチョコレートをつくれないかとあれこれかんがえた。さらに想像はふくらみ、どんな形のチョコレートだったら子どもたちが買っていくだろうかとかんがえた。あたらしいおかしの商品を想像するのがぼくのひそかなたのしみだった。

「おい、またばかげたおかしのことをかんがえてるな?」

ディーンがあきれたように言った。

「もしもすばらしい商品のアイデアがうかんだら、ぼくたちは大金持ちになれるんだぞ! あたらしい商品をつくって、自分の手で売りだすんだ!」

「それで、いいアイデアはうかんだのかい？」デルーカがきいた。

ぼくは首を横にふった。

仕事がえりの人で通りはにぎやかだった。しっている顔を見つけて、ぼくはたちどまった。

「どうしたんだ？」ディーンがぼくにきいた。

「母さんだ……」

母はすぐに人ごみの中へ消えた。なぜこんな場所にいるのだろう？　薬品工場につづく路面電車はカフェタッセ通りを通っていない。電車にのって仕事に行く母がこの通りにいるはずがないのだ。ぼくはふたりとわかれて住宅地の石畳をはしった。わが家がちかくなるとからっぽの弁当箱をぶら下げた労働者たちが背中をまるめてあるいていた。

「おかえりなさい」

玄関をぬけると、母がコートをぬいでいるところだった。

「さっき、カフェタッセ通りにいなかった？」

母はおどろいた顔をした。なにかかんがえるようにだまった。

「ちゃんと路面電車にのってるの？」

ぼくがたずねると、母はばつのわるそうな顔をした。

「電車賃を節約したほうがいいかなって」

ぼくはしんじられないきもちだった。どうやら母は、ぼくが路面電車の発着所からたちさったあと、電車にはのらずにあるいて工場へかよっていたらしい。

「あるくと二時間だよ？」

「一時間半よ。ちかみちを見つけたの」

「どうして電車にのってるふりを？」

「なんとなくよ」

ぼくはチョコレートを買ったことを後悔した。きっとぼくが家計のことを心配しないように母は気をつかっていたのだ。母が電車賃を節約してあるいていたというのに、ぼくはおかしを買ってしまった。あのコインをつかわずにもっていれば、あすの昼食代になったはずだ。

ぼくの部屋は殺風景で家畜小屋のようである。部屋に入るとクローゼットから本のたばをとりだしてかばんにしまいこんだ。買ってもらったり、ゆずってもらったり、ひろったりした本だった。

「それをどうするつもり？」

母が、部屋の入り口から質問した。

「古書店に売るんだ」

「そんなことしなくてもいいのに」

「もっていてもやくにたたないんだ」

「本はだいじよ。それに、父さんの買ってくれた本を売っちゃだめじゃない」

かばんから父の買ってくれた古い聖書をぬきとった。ベッドにすわって表紙をながめると、母もとなりにすわって顔をよせてきた。

「だいじょうぶよ。あなたはなにも売らなくていいの」

母はぼくの頭をなでながらつぶやいた。ひざの上に聖書の重みがかかっていた。革表紙には『創世記』と書かれている。『旧約聖書』とよばれているものの一冊だった。神の言葉が本に印刷されているはずだ。ぼくは一度もよんでいなかったが、ふれているだけで敬虔《けいけん》なきもちになった。

「あなたがおとなになるまでそばについてるからね」母が言った。

聖書がひざの上からすべりおちた。

「夕飯のしたくをするから、あなたは勉強してなさい」

母は部屋をでていった。

ぼくがおとなならはたらいて母の重荷になることはないのに……。

ゆかの聖書をひろいあげたとき、おりたたまれた紙がおちた。

もともとほつれていた革表紙のふちがついにやぶれていた。おちたときにそうなったのだろう。おりたたまれた紙は表紙の中に入っていたらしい。

紙をひろってひろげてみた。うすいがしっかりした丈夫な紙で、本のページにくらべると、その紙はいくらかあたらしい時代のものに見えた。虫くいのあなが点々とあいている。それはどこかの地図だった。

地図の一ヵ所にまるい印があった。男性の横顔を円でかこんだような記号である。まるみをおびたひたいと、そのまわりにえがかれたかざりに見おぼえがあった。しかしどこで見たのかおもいだせない。

地図のうらには、風車小屋の絵がペンでえがかれていた。

絵のかたすみに文字がしるされている。

【神は言われた。「光あれ」こうして光があった】

文字はどうやら聖書の一文のようだった。

2　怪盗と財宝

「なあ、こんなことかんがえたことないか。いたずらで入りこんだ廃墟《はいきょ》をさまよっているうちに、鍵《かぎ》のかかった部屋を見つけるんだ。なんだろうっておもって鍵あなからのぞいてみると、部屋の中には、巨大なダイヤモンドや首かざりがおかれている。そうさ。そこは怪盗ゴディバのかくれ家《が》なんだ」

ディーンがあとをついてあるきながら言った。休日だったので、彼は一日中、ひまをもてあましているらしい。ぼくはパンの入った紙ぶくろをかかえなおして、住所の書かれたメモを確認した。パンの配達のとちゅうだった。

「おれは針金で鍵をあけて部屋に入る。怪盗ゴディバが留守のあいだに、ぬすまれた宝物をとりかえして逃げるんだ。もちろん、そのままぬすんだりしないぜ。ロイズ探偵事務所に連絡するんだ。怪盗ゴディバのかくれ家を見つけましたって」

ディーンはあるきながら興奮してボクシングのまねごとをはじめた。

「その場合、賞金はでるのかな」

「でるさ。宝物をとりかえしたんだ」

「それならありがたいよ。家計がたすかる」

「賞金だけじゃない。ロイズは、おれを助手にしてくれるかも！」

ロイズの助手になることは子どもたちみんなの夢だった。もしもそんな仕事をすることができたなら、いのちをかけて彼のためにはたらくだろう。しかしいま、自分ができる仕事はパンを配達することだった。

配達をおえてディーンとわかれた。彼は広場にいる友人たちとサッカーをするそうだ。ぼくはひとりでデルーカの家にもどった。彼の家は商店街のはしにあり、パン屋のかんばんがおもてにぶらさがっていた。配達さきでもらったサインをデルーカのおやじさんに見せると、彼は報酬のコインをくれた。すくなかったが、はたらいてもらった特別なコインだった。

「きみがはたらいてること、母さんはしってるのか？」

デルーカのおやじさんがきいた。ぼくは首を横にふった。

地図を見つけた翌日、ぼくは仕事をさがしていろいろな店をたずねあるいた。皿あらいでも、あなほりでも、なんでもやるつもりだった。しかしどこもぼくをやとってくれなかった。からだに半分ながれている血のせいだというのはかんがえすぎだと自分に言いきかせた。結局、親友のデルーカがおやじさんにたのんで、パン屋を手伝わせてもらえることになった。

配達のあと、ぼくは店番をまかされた。客の買ったパンを古新聞につつんだり、紙ぶくろに入れたりしていると、デルーカがやってきて手だすけをしてくれた。彼はレジのあつかいにもなれていたのでおおいにたすかった。

「ねえ、これ見て」

ひるがすぎて店内のにぎわいがおちついたとき、デルーカがはなしかけてきた。パンをつつむための古新聞を入れている箱がレジのそばにあった。デルーカはいちばん上の古新聞を指さしていた。

『名探偵ロイズはかたる』

おおきな見出しが印刷されていた。店内に客がいないことを確認して新聞をよんだ。昨日の新聞だった。

「デパートの事件、おぼえてる？　金庫のお金を怪盗ゴディバがぬすんだっていうやつだよ。捜査にロイズがくわわったんだ。事態は急展開さ」

デルーカが興奮ぎみに説明した。記事によると名探偵ロイズは、事件に怪盗ゴディバがかかわっていることを否定したらしい。つまり、お金をぬすんだのはほかのだれかのしわざであり、そいつは怪盗ゴディバに罪をきせようとして【ＧＯＤＩＶＡ】としるされたカードをのこしていったのだという。

「ロイズはその日のうちに真犯人を特定してしまったんだ。まさにはやわざだよ！犯人ははたらいていた店員のひとりだったんだ！」デルーカが言った。

ぼくは新聞記事をよんだ。


事件のあったペニンシュラデパートから名探偵ロイズがさっそうとでてきた。われわれ、新聞記者たちは彼をとりかこみ、事件のあらましを質問した。ロイズ氏はつぎのようにかたった。

「泥棒が入りこんだ部屋は二階にある。犯人ははしごかなにかをつかって、窓から侵入したらしい。そこで、わたしは犯人がどのようにはしごをかけたのかをしらべようとおもった。

ところがここで問題が発生した。犯行があった夜、犯人がはしごをかけたとおもわれる窓の下に、店のトラックが駐車されていたというのだ。トラックはいつもその場所にとめておくきまりがあったのだよ。事件の夜もそこにトラックがあったのなら、はしごがつかえなかったはずだ。

そこでわたしはかんがえた。犯人ははしごをつかわなかったのではないか？よく見るとトラックの屋根はたかく、その上にたてば窓に手がとどきそうだった。

しかししらべてみたが、トラックの屋根には、犯人の足跡らしいものは見あたらない。どうやら従業員のひとりが事件後の朝にトラックをあらったらしい。

だが、奇妙なことに、その従業員は前日にもおなじトラックをあらっていた。前日にあらったものを、なぜ翌日にもあらう必要があったのか。そいつが疑問だった。ききこみをしてみると、いつもは店長に言われないかぎり自分から洗車なんてしない男だっていうじゃないか。もしかしたらトラックの屋根についた足跡を消すためにあらったんじゃないか？　そうかんがえてはなしをきいてみた。彼は自分がやったと白状したよ」

ロイズ氏が言いおえたとき、記者の何人かがためいきをもらした。はたして、彼のするどい推理に感嘆しない者がいるだろうか！

さらにロイズ氏は記者たちにむかって宣言した！

「大悪党ゴディバは、ちかいうちにかならずつかまえるよ。約束する。ぼくと警察は、彼をもうすぐそこまでおいつめているんだ」
ロイズ氏はちかよってきたファンの子どもたちにサインをしてかえっていった。

探偵ロイズの写真を雑誌で見たことがある。トレードマークの虫眼鏡《むしめがね》をかまえて、犯行現場で事件の手がかりをさがしている最中の写真だった。手足がほそながく、虫眼鏡をのぞきこんでいる横顔は真剣な表情だった。ぼくたちのヒーローはまだわかい青年だった。雑誌をよませてくれた近所のおにいさんに、写真のページだけくれないかとたのんでみたがことわられた。
ロイズがこの国にやってきたのは五年まえだった。それまでは海外の大学で勉強をしながら探偵のまねごとをしていたらしい。なにか事件がおきると、新聞記事から自分のかんがえをくみたてて警察に手紙をおくっていたのだ。正体のしれない大学生からの手紙は、警察が困惑していたむずかしい事件を解決にみちびいた。大学を卒業したロイズはぼくたちの国に移り住んだ。彼がトランクひとつをかかえて国境をこえた年は、怪盗ゴディバがあらわれて七年目だった。

「こら！　サボってるんじゃない！」

　声をかけられてあわてた。ふりかえるとマルコリーニがわらいながらたっていた。新聞記事に熱中していて、彼が店に入ってきたことに気づかなかった。

「そのエプロンにあってるぜ」マルコリーニが言った。

　ぼくは白いエプロンを身につけてはたらいていた。

「おどかさないでよ、マルコリーニ。今日は仕事、やすみなの？」

「休日をたのしんでる。おまえ、パン屋ではたらいてたんだな」

「なにか買っていってよ」

「よしきた」

　彼は売りもののパンを物色しはじめた。

「しりあい？」

　デルーカがぼくにそっときいた。

「近所にすんでる人。本や雑誌をかしてくれるんだ」

　マルコリーニはぼくよりも十歳ちかく年上で、ほんとうの兄のように信頼していた。

　彼はケースのパンを指さし「これをくれ」と言った。

古新聞でパンをつつんでいると、マルコリーニが「ん？」と声をだした。「それ、うちの会社の新聞じゃないか。ロイズさんの記事、おれのせんぱいが書いたんだぜ」

「ほんとうに？」

デルーカが説明をもとめるような目をしていた。

「マルコリーニは、新聞記者なんだ」ぼくはデルーカにはなした。

「まだみならい中だけどな」

マルコリーニがえりをととのえて胸をはった。

ぼくとデルーカとマルコリーニで、すこしのあいだ、ロイズとゴディバの対決についてはなしをした。探偵ロイズが怪盗ゴディバを逮捕するのはいつのことだろうかと国中の人間が気にしていた。おとなたちは酒場でお金をかけてあそんでいるほどだった。マルコリーニは新聞社ではたらいていることもあって事件についてくわしかった。ロイズのかんがえた侵入者探知機や、警備保障会社のシステムは画期的だったが、それをおそれずにくりかえし犯行をおこなっている怪盗ゴディバもたいしたものだった。

「ゴディバはこれまでに二十回、犯行をおこなっている。どれも国宝級の宝物さ。でも、いつまでもつづかない。ロイズがなんとかしてくれるさ」

店のとびらがあいて客が入ってきた。

「つづきをまたきかせてよ」ぼくはマルコリーニにたのんだ。

「部屋にいるから、いつでもたずねてこい」

ぼくはマルコリーニにパンをわたした。彼はカウンターにコインをおいた。

まるいコインのおもてには、歴史でならった偉人の横顔がきざまれていた。

それを見たとき、頭になにかがひらめいた。

じゃあな、とマルコリーニが手をふって店をでていく。

ぼくはカウンターのコインを見つめた。「どうしたの？」とデルーカがきいた。ぼくは地図のことをおもいだしていた。革表紙にかくされていた地図は、聖書にはさんで保管していた。地名などが書かれていなかったので、どこの地図なのかさっぱりわからなかった。地図の中に見おぼえのあるマークがしるされていた。人の横顔を円でかこんだような記号である。

たったいままで、それがなんの印だったのかわからなかった。

3　探偵と手紙

夕方になり店をでると住宅地へいそいだ。マルコリーニの家はうちとおなじでアパートメントだった。玄関チャイムをならすと、彼のお母さんがとびらをあけてくれた。リンツくん、ひさしぶりね、いらっしゃい。ぼくは頭をさげてマルコリーニの部屋に行った。

「ねえ、怪盗ゴディバ事件の資料、もってる?」

マルコリーニはベッドにねころがって読書中だった。

「つくえにちらばってるぜ。過去二十件の事件資料がね」

彼のつくえには、書類や本がつみあげられていた。

「一年まえの、『英雄の金貨』盗難事件についてしりたいんだ」

「No.19の事件だな」

「No.19?」

「十九件目の事件って意味さ。のこされていた赤いカードにも『No.19』って通し番号が書かれていた」

書類をひっかきまわしているとノートが見つかった。新聞のきりぬきをあつめてはりつけたスクラップノートだった。『英雄の金貨』盗難事件の新聞記事も収録されていた。以前、父と散歩をしたときに見た古新聞の記事だった。

ぬすまれた金貨のイラストが印刷されている。金貨にきざまれていたのは、神話にでてくる英雄の横顔だった。地図にえがかれていた印をおもいだして頭の中でくらべてみる。まるみをおびたひたい、ふかいほり、すべてがおなじだった。ぬすまれた金貨の絵が地図にえがかれているなんて、おかしなことがあるものだ。

「この記事がどうかしたのか？」マルコリーニがそばにたってきいた。

「この模様に似た印を、最近、見かけて……」

「どこで見たんだ？」

ぼくはすこしかんがえて肩をすくめた。

「たぶん、気のせいだよ……」

そうだ。偶然にふたつの絵がらがにているだけなのだ。

もしもこれが偶然ではなく、地図の印がほんとうに『英雄の金貨』をしめしていたとするなら、地図をえがいた人物はいったい何者だろうか。

マルコリーニはぼくのひらいているスクラップノートの新聞の記事をのぞきこん

だ。

「なあ、リンツ。おれ、新聞社ではたらくようになって、しったことがいろいろあるんだ。ひとつは情報操作ってやつだよ。新聞に書かれていないことが結構あるんだ。このまえ、怪盗ゴディバがやったように見せかけた事件があっただろう？　あんなふうにまねするやつがおおいから、わざといろんな情報をふせておく。新聞記者に書かせていないことがいくつかあるんだ。たとえばカードのこと。このまえの事件だと、金庫にのこしていったカードが、本物ののこしていったものとはいろいろちがっていたらしい。だから警察ははじめから、怪盗ゴディバのしわざではないと気づいていたらしいよ」

はなしつづけるマルコリーニにはわるいが、ぼくはべつのことばかりかんがえていた。地図の場所に行ってみたらなにがあるのだろう？　あの印が『英雄の金貨』をしめしたものかどうかわからない。でも、もしもそうだったとしたら……。あの場所にはなにがあるのだろう？

「本物がのこしたカードは警察が保管していておれたちが見ることはできない。でも、せんぱいからこっそりおしえてもらったんだ。本物のカードには【ＧＯＤＩＶＡ】ってサインがしてあるだけじゃないんだぜ。ほかにも特別な絵がえがかれてるんだってさ」

　いや、きっとかんがえすぎだ。だって、地図には彼のサインもなかった。おもてには地図がえがかれていて、うらがわには風車小屋の絵がえがかれ、かたすみに文字がしるされているだけだ。これだけではなにもわからない。

「おい、きいてるのか？」

　マルコリーニがあきれたような顔をしていた。ぼくは返事をした。

「そろそろ夕飯だからかえるよ」

「せっかくきたんだから、まだいいじゃないか。はなしを最後まできけよ。ゴディバののこしたカードのはなしさ。このことは警察と新聞記者しかしらないことなんだ。本物のカードは、うらに風車小屋の絵がえがかれてるんだよ」

　ぼくは耳をうたがった。

「え？　なんて言ったの？」

「風車小屋だよ。風車小屋の絵。このまえの事件のカードにはそれがなかった。だから怪盗ゴディバのにせものだってことは簡単にわかったんだ。風車小屋の絵なんてはじめてきいただろ？　怪盗のトレードマークなのかな。どうした、おどろきすぎて声もでないみたいだな」

家にかえるまえ、ひとりで市場にむかった。町の中心にある市場には人々がおおぜいあつまってものを売り買いしていた。ならんでいる露店の中に巨大な鍋《なべ》で料理をしている店があり、湯気が霧のようにたちこめていた。七ヵ月ほどまえ、ぼくと父はこの市場で胡椒と聖書を買った。地図の入っていた聖書はがらくたといっしょにならべられていた。ぼくは市場をあるきまわってそのときの露店をさがした。露店の主人なら、聖書のもちぬしだった人のことを、なにかおしえてくれるのではないかとかんがえていた。

「それはほんとうにいい聖書だよ。ふつうのやつじゃない。特別な本さ」

露店の主人のはなしによると聖書のもちぬしは、子どもをたすけるために火事の教会へとびこんだという。地図をえがいて革表紙にかくしたのはその人だったのだろうか。聖書を売っていた露店はどこをさがしても見あたらなかった。べつの町に移動したのかもしれない。ほかの店の主人にはなしかけてみた。地面に胡椒や聖書をならべていた露店をしらないかときいてみたが、だれもそんな店はしらなかったし、どこに行ったのかという情報もえられなかった。

「移民の子め、あっちへ行け！」

ききまわっているうちにぼくはののしられて市場をでることにした。聖書のもちぬしだった人物について、どのように手がかりをあつめればいいのかわからなかった。彼はどこの町に住んでいたなんというなまえの人物だったのだろう。彼は地図入りの聖書をのこして消えてしまった。

マルコリーニのはなしによると、怪盗ゴディバののこしていくカードには風車小屋の絵がえがかれているという。そして地図にも風車小屋の絵がえがかれている。ぼくは確信した。地図をえがいた人物こそ、怪盗ゴディバにちがいない。

薬品工場の仕事がない週末の夜だけ、母は近所の酒場でウェイトレスをしていた。市場からもどったぼくはだれもいない部屋にろうそくをともした。電気の節約のため、夜はろうそくで室内をてらすようにしていたのだ。昼間のうち母は洗濯をしていたらしく、ダイニングにロープがはられて衣類がほされていた。ぼくは毛布をからだにまきつけると、ろうそくの炎で地図をてらした。

地図はひろげると聖書とおなじおおきさだった。おりたたまれていたせいでたて横に折目がついている。地図にはこまかいあながいくつかあいており、虫がくったのだろうとかんがえた。どこかの町の一画をえがいたものらしいが、町名はしるされていないので、どこの町なのかわからない。どちらが北なのかという記号さえ見あたらない。印刷物ではなく、ペンとインクによる手書きだった。だれかが特別にえがいた世界に一枚だけの地図なのだ。

地図にえがかれた町は、道が左右につらぬいている。川が左上から右下にむかってカーブしながらのびている。地図の上の部分が森になっており、川の上流につり橋がえがかれている。つり橋のすぐ上に問題の印があった。男性の横顔を円でかこんだ印である。ぬすまれた『英雄の金貨』にきざまれていた横顔だ。このマークさえなければただの地形図だった。それ以外にあやしい記号はえがかれていない。この印の場所になにがあるのだろう？　ぼくは想像した。岩肌にくりぬかれたトンネルと、地下におりるはしご。そのさきの部屋にたながあり、『英雄の金貨』がならべられている。ほかにも『白銀のブーツ』や『いつくしみの聖杯』、『わるふざけ王冠』などぬすまれたものがかざられている。そうだ。そこは怪盗のかくれ家なのだ。

空想をやめて地図をうらがえす。風車小屋の絵がえがかれていた。小説のさし絵のようにペンだけでえがかれている。胴体はレンガがつみ上げられた円筒形のものである。十字形のはねのうち一枚がてっぺんをすこしすぎたところでとまっている。絵のかたすみに【神は言われた。「光あれ」こうして光があった】と書かれている。マルコリーニのはなしでは怪盗ゴディバがのこしていくカードのうらにはいつも風車小屋の絵がえがかれているという。そのことは警察と記者たちだけの秘密らしい。地図から顔を上げてろうそくの炎を見つめた。火事の教会から子どもをすくった人物こそ怪盗だったのではないか。しかし悪人である怪盗ゴディバが人だすけなどするだろうか。なぜ地図入りの聖書を神父にわたしたのだろう。もしかすると露天商のつくりばなしなのかもしれない。すきま風でおどる炎はぼくをどこかへさそっているように見えた。


「怪盗ゴディバって、どんな人だったのかな……」

かえってきて夕飯のしたくをはじめた母にぼくはきいてみた。

「怪盗？　そうね。かっこいい人だったらいいけどね」

母は鍋のシチューをかきまぜながら言った。

「もしも怪盗ゴディバの手がかりを見つけちゃったら、母さんならどうする？」

「みんなには秘密にしておくかも」

「どうして？　かくれ家には、ぬすまれた宝物があるかもしれないのに。それだけじゃないよ、怪盗の正体がわかるかもしれないんだよ？」

「面倒なことにはかかわりあいになりたくないの」

母はどうも探偵や怪盗について興味がないらしい。ぼくがロイズのはなしばかりしていると母は顔をしかめるのだ。ほかのおとなたちは全員、探偵と怪盗の対決に熱中しているのに、母だけがはなしにのってこない。母にとって探偵や怪盗という存在は夢のようなはなしなのだろう。今日や明日のパンをどうやって手に入れるのかで頭の中がいっぱいなのだからしかたない。

できあがったシチューはあたたかくて湯気が大量にでていた。母は料理がとくいだった。節約して具がすくなくなってもおいしさはかわらない。食事のあと、郵便物をあけて母は手紙をよみはじめた。封筒には祖父のなまえが書かれていた。

母の両親はすでにふたりとも亡くなっている。手紙をくれたのは父方の祖父だった。祖父は鉄道で二時間ほどはなれた国境ぞいの町でひとりぐらしをしていた。鉄道で横断しようとすれば三日はかかるこの国の、東のすみにある町である。

祖父にあったのはこれまでに一度だけだった。父の葬式の日、老人が教会に入ってきてひつぎのまえにたった。はりがねのようにほそくて無表情な老人だった。彼は母にちかづくとたちばなしをはじめた。泣いている母を彼はぶきようになぐさめていた。母はその老人にぼくを紹介した。それまで祖父と交流がなかったのは、父と祖父がけんかをしていたからだ。結局、なかなおりしないまま父は死んでしまった。

「おじいちゃんから手紙なんてめずらしいね。なにが書いてあったの？」

「こっちにひっこしてくればいろいろたすけてあげられるって」

「こっち？」

「おじいちゃんの住んでる場所。父さんの生まれ故郷のこと。おじいちゃんの家に行くときは、レオニダス駅で列車をおりるの。あとで電話番号をおしえてあげるから、こまったときはおじいちゃんに連絡するのよ」

　母がほおづえをついてからっぽのいすを見つめはじめた。そのいすは生前に父がすわっていた場所だった。ぼくもすこしのあいだ、母といっしょにいすを見つめた。夜がふけるとぼくたちはベッドに入った。うすい毛布一枚ではさむかったが、いつもなんとかねむることができた。


　翌日、地図のことばかりかんがえて学校の授業に身が入らなかった。ディーンやデルーカとの会話にも気がのらず、学校がおわるとすぐにふたりとわかれてしまった。ダイニングで地図をひろげてこれからどうすればいいのかとかんがえていると、おもてでものおとがした。おとなりのモロゾフさんが旅行からもどってきたのだろうかとおもい、そとにでてみた。

しらないおじさんがモロゾフさんの部屋のとびらをノックしていた。「モロゾフさんなら旅行中だよ」とぼくは声をかけた。モロゾフさんのともだちなのだろう。連絡がとだえたので心配になって部屋をたずねてきたらしい。「ぶじだといいんだが……」とつぶやきながら彼はかえっていった。ぼくは玄関さきにのこされてモロゾフさんの家のとびらを見た。モロゾフさんは父のいちばんのともだちだった。背がぼくとおなじくらいひくく、手足がみじかい。父が部屋にいないときは、たいていいつも彼のうちでゲームをしたりお酒をのんだりしていた。

「こまったことがあったらわたしに言ってくれ。わたしたちは家族みたいなもんだから」父の葬式の日、泣きながらモロゾフさんは母に言った。彼にたのめば生活費をかしてくれただろう。でも母はそうしなかった。

モロゾフさんの家の玄関とびらに新聞がはさまっていた。ぼくはそれをぬきとって部屋にもどった。

『怪盗の情報に懸賞金！』

クローゼットの箱に新聞をほうりこもうとして見出しが目にとまった。記事のあらましはこうだ。先日、怪盗ゴディバによって財宝をぬすまれた被害者たちと探偵ロイズがあつまってはなしあいをした。その結果、怪盗のことでなにか情報をもっているものに賞金をあたえることにきめたらしい。怪盗をぶじに逮捕できれば、財宝は無傷でもどってくるかもしれない。怪盗逮捕の手だすけをしたものへ大金をはらってもかまわないというわけだ。

『怪盗ゴディバについて情報をもっているきみは、いますぐに探偵ロイズの事務所に手紙をおくってほしい！　ロイズの有能な秘書が、きみの手紙をよんでロイズに報告してくれることだろう！』

記事のおわりにロイズ探偵事務所の住所が書かれていた。

かんがえるまでもなかった。ぼくはつくえのひきだしからコインをとりだして近所の文房具店にでかけた。びんせんと封筒と切手を買うと、パンの配達でもらったお金はすくなくなった。それからながい時間かけて手紙を書いた。内容は、父の買ってくれた聖書と、革表紙にかくされていた地図についてだった。

賞金があれば、ぼくと母の生活はどれだけ楽になるだろう。

それに、もしかしたら、あの人にあえるかもしれない……。

4　秘書の登場

日曜日のことだった。ディーンとデルーカとぼくの三人でパンの配達をしていたら、ドゥバイヨルが老人をつきとばしているところにでくわした。その老人は三日ほどまえから学校のある通りで見かける物乞《ものご》いの男だった。彼はぼろぼろの服を着て道ばたにすわりこみ、コインを入れてもらうためのあきかんをそばにおいていた。両手で板きれをもっており、それにはこう書いてあった。

『戦争で妻と子を亡くしました。足をわるくしてしまいはたらけません』

老人がドゥバイヨルにおしりをけられてよろめいた。

「しんきくさくてしかたねえ！　ほかのところに行きやがれ！」

ドゥバイヨルの声がきこえてきた。ぼくたちはかくれて観察した。

「ひどいやつだ！」ディーンがはらだたしそうに言った。

「あいつ、いつもそうなんだ。先生のいないところで、小さな子をけってるんだ」デルーカはくやしそうだった。

ドゥバイヨルはぼくたちより一学年上の生徒である。彼が老人のあきかんをけりとばした。かんに入っていたコインが石畳にちらばった。老人がおろおろとコインをひろいあつめた。

「なあ、たすけに行こうぜ！」

ディーンは正義感がつよい。

「でも、あいつにかなう子はいないよ……！」

デルーカは気がやさしくてあらそいごとは苦手だった。

「だまって見てられるかよ。そうだろ、リンッ！」

ディーンがぼくをふりかえった。どんな返事をすればいいか、すこしまよった。ドゥバイヨルのおそろしさはうわさにきいていた。もしもかかわりあいになって目をつけられたら、どんなひどいめにあうかわからない。しかしディーンやデルーカによわいところを見せたくなかった。

「たすけに行かなくちゃ！」ぼくは宣言した。

配達さきの住所が書かれているメモをポケットにしまった。パンをデルーカにあずけて、ぼくとディーンは顔の下半分をハンカチでおおった。足もとにころがっていた小石をひろいあつめて、ぼくとディーンは建物のかげからでた。

「ドゥバイヨル！」

ディーンがさけぶと、ドゥバイヨルがこちらをむいた。ぼくたちは小石をなげつけた。彼は腕をつきだして、小石が顔にあたるのをふせいだ。

「このやろう！」

ドゥバイヨルがさけんだ。ぼくたちはそのときすでにはしりだしていた。うしろからおいかけてくる気配があった。ぼくとディーンはまがりかどでそれぞれちがう方向ににげた。ドゥバイヨルはぼくをおってきた。もしおいつかれたらただではすまない。顔にあざをつくるだけならましなほうだ。彼にいじめられて、一ヵ月間、家からでられなくなった女の子をぼくはしっている。ぼくは死にものぐるいではしった。大通りにでて商店街に入る。ベーグルを売っている顔みしりの屋台があった。屋台の下にとびこむ。ドゥバイヨルはぼくをさがしながら通りすぎていった。ぼくはほっとして気絶しそうになった。

「今日はなにごとかね、リンツくん」

ベーグル売りのおじさんが屋台の下をのぞいて、四つんばいのぼくを見つけた。

「お金をおとしちゃって、さがしてるんです」

ぼくは屋台の下からでた。ドゥバイヨルのすがたは見えない。

二ブロックはなれた路地裏でディーンとデルーカがまっていた。

「おじいさんは？」

あずけていたパンをうけとって、ぼくはデルーカにきいた。ぼくとディーンがドゥバイヨルにおいかけられているあいだ、彼が老人の手をひっぱってその場からとおざかることになっていたはずだ。

「ドゥバイヨルがこない場所ににがしたよ」デルーカはほこらしげに言った。

興奮はしばらくさめなかった。ぼくひとりではけっしてできないことだった。このふたりとなら、できないことなんてない気がした。正義感のつよいディーンと、こころやさしいデルーカは、ぼくのかけがえのない友人だった。

「あれ？　メモがない」

ぼくはたちどまってポケットをさぐった。住所を書いたメモがなかった。

「どこかでおとしたんじゃない？」とデルーカ。

「メモなんてなくてもだいじょうぶさ」とディーン。

配達さきのレストランは三人ともしっている店だった。ディーンの言うとおりである。気にしないことにしてあるきはじめた。道すがら、怪盗の情報に賞金がかけられたことについてはなしをした。

「うそばかり書いた手紙が、探偵事務所にたくさんとどいてるみたいだぜ」

ディーンが言った。彼によると、ほんとうはしりもしないのに『わたしは怪盗のいばしょをしっています』という手紙を書く子どもがおおぜいいるという。彼らはそう書けばロイズがはなしをききにきてくれるとしんじているのだ。

「そんな手紙、捜査のじゃまなのに！」デルーカがめずらしく声をあららげた。「ぼくはゆるせない！　ロイズにあいたいのは、みんなおなじじゃないか！」

「それにしても、うその情報かどうかをどうやって判断してるんだろう？」

ぼくは疑問を口にしながら、アパートメントにあるからっぽの郵便うけをおもいだした。この一週間、学校からもどるとすぐに郵便うけを確認していた。手紙をだして一週間以上たっているが、ロイズからの返事はきていない。ぼくの手紙は、うその手紙といっしょにすてられたのかもしれない。地図のことをディーンとデルーカにはまだはなしていなかった。本物かどうかをたしかめて、それからふたりにおしえようときめていた。

　駅まえのレストランに到着してパンのつつみをわたし、うけとり証明のサインをもらった。配達はおわりである。デルーカのパン屋へもどろうとしていると、駅まえで声をかけられた。

「きみ、デメルのむすこじゃないか？」

駅員のおじさんがたっていた。デメルはぼくの父のなまえだった。

「父さんをしってるの？」

「仕事中によくあいさつしたよ。きみの父さんは、ほこりをすいこまないように、いつも大きなハンカチで顔の下半分をおおっていた」

「顔をハンカチで？　おれたちみたいだな」ディーンが言ってわらった。

駅の出入り口でたちばなしをした。旅行かばんをもったわかい男性が駅に入ろうとする直前、たばこのすいがらを階段になげすてた。

「デメルはいつもだまって真剣に仕事をしてた。あいさつするのは朝と夕だけ。それ以外は、ほうきとちりとりをもって、あっちに行ったり、こっちに行ったりさ」駅員はころがったたばこのすいがらをひろうと、ちかくにあった灰皿へおしこんだ。灰皿はすでにいっぱいだった。「デメルのかわりにやってきたそうじ人はサボってばかり。灰皿もめったにとりかえやしない。きみの父さんがいたときは、駅にゴミくずなんかおちていなかったもんだがな」

父のことをおもいだした。石畳に紙くずなどがおちていると、父はそれをひろってすこしながめてからゴミばこに入れていた。まるで考古学者のように、父はゴミをひろっては、それをすてていった人がどんな性格で、どんな生活をしているのかを想像してはなしてくれた。

『見ろよリンツ。この雑誌をすてた人は恋愛のことでなやんでいるみたいだよ。だってほら、恋愛相談のページだけきりとってある』

『このあきかんをすてたやつは、競馬でおおぞんしたのかもしれないな。むしゃくしゃしてにぎりつぶしたようなかたちだからな。かわいそうによ』

線路をはしってきた列車が、駅のホームにすべりこんできた。

「おっと、行かなくちゃ」

駅員のおじさんはぼくたちに手をふると、改札にむかった。ぼくたちのいる場所からホームが見えた。到着したのは首都を出発した蒸気機関車だった。とびらがあいて、ちらほらと客がホームにおりたった。

「首都に住んでる人たちかな？」客を見てデルーカがつぶやいた。「きれいな服だねえ」

首都からきた人たちは、しわのないスーツや、あざやかな色のスカートに身をつつんでいた。ぼくたちにとってこぎれいな服はなじみのないものだった。彼らはホームをあるきながらまわりを見ていた。町のとおくにある工場の煙突から、くろいけむりが大量にでているのを目にして、彼らは顔をしかめていた。

パン屋にもどると配達の報酬をうけとった。母との生活をささえられる金額ではなかったが、それはぼくのかせいだ大切なお金だった。パン屋をでると、ディーンとデルーカにわかれをつげた。

わが家にむかってアパートメントのならぶ通りをあるいていると、突然、だれかがうしろからくみついてきた。ぼくは一瞬のうちにはがいじめにされていた。ていこうしたが腕や手首がつよくしめつけられてうごけなかった。

ぼくは建物と建物のあいだにつれこまれた。

「パン屋からつけられていたことに、気づかなかったのか？」

建物のあいだにあるほそい路地にドゥバイヨルがたっていた。ぼくのからだをはがいじめにしているのは彼のなかまたちだった。ぜんぶで三人。ドゥバイヨルをふくめると四人。彼らはぼくをかこんで見おろした。彼らは学校でいちばんの悪者たちだった。ちょくせつ、はなしをしたことはない。いつもとおまきに彼らのわるふざけを見ているだけだった。

「これ、おまえのだろう？　おちてたぜ」

ドゥバイヨルはぼくの鼻さきに白い紙きれをつきだした。

『リンツくんへ。下の住所にパンを配達してほしい』

レストランの住所を書いたメモだった。

「町中のパン屋に電話して、リンツってやろうがはたらいてないかきいたんだ」

右腕をつかんでいるのっぽの男子がぼくの耳もとでささやいた。腕がしめつけられて骨がきしんだ。ぼくはいたみでうめいた。

「おれ、こいつしってる。下のクラスのやつだ。目ざわりな移民のガキだよ」

左腕をつかんでいるふとった男子がぼくの鼻さきに息をふきかけた。町中にたちこめる工場のけむりよりもくさくてぼくはせきこんだ。

「しずかにしてろ、移民め！」

ぼくの腰をしめつけていたチビの男子がぼくの口にハンカチをねじこんだ。

ぼくはなにもしゃべれなくなった。

「場所をうつそうぜ。そいつをつれてこい」

ドゥバイヨルはおくへあるきだした。路地裏はくさったにおいがたちこめていた。そうじをする人がいないまま、おちている生ゴミがくさっているのだろう。路地をぬけたところに小さな広場があった。かべは一面にらくがきされていた。ちかくの住人は絶対にたち入らない場所だった。ドゥバイヨルがぼくの髪の毛をつかんだ。

「うすぎたない移民の血すじめ」

彼はぼくの右ほおをたたいた。はがいじめにしていた三人がわらった。ぼくはくやしくてあばれたが、三人の腕からにげられなかった。ドゥバイヨルはぼくの鼻さきに顔をちかづけた。ぼくはおそろしくて、彼と目をあわせられなかった。老人をたすけるときにあった勇気は、いつのまにかしぼんでどこかに消えていた。四人に見おろされて、ぼくはただの臆病な子どもになっていた。

「おれはほこりたかい血をうけついでいる。おまえとはちがうんだ。いまから処刑してやる。これは慈悲のためさ。どうせまともな職業にもつけずにおまえは死んでいく。生きてたってしかたないだろ？」

ドゥバイヨルはあわれみの目でぼくを見た。彼はまるで教会にかざってある神様の像そっくりの表情をしていた。おまえは一生、地面にはいつくばって生きるんだ、そう運命によってさだめられている。彼がいのりのようにつぶやいた。かわいそうに。おまえたち移民は、永遠にこの地上をさまようのさ。左ほおのたたかれる音がらくがきだらけのかべにひびいた。ぼくはからだをめちゃくちゃにうごかして自由になろうとしたがだめだった。

「きみたち……」

おどおどした声がきこえた。ドゥバイヨルとそのなかまとぼくはふりかえった。スーツをきたこぶとりのおじさんが路地にたっていた。鼻の下にちょびヒゲがあり、くろい点のような小さな目をしていた。

「なんだよおっさん、じゃますんな」

ドゥバイヨルがにらむと、こぶとりのおじさんはおびえながら言った。

「おおぜいでひとりの子をいじめるのは、いけないことだよ……」

ポケットからハンカチをとりだして彼はひたいのあせをぬぐった。

ドゥバイヨルとなかまたちは無言でおたがいの顔を見た。うなずきあい、「やっちまえ！」とさけぶとおじさんにとっしんした。ドゥバイヨルとそのなかまたちが彼をかこんでけろうとしたとき、建物のあいだにふえの音がひびいた。路地裏をはしってだれかがちかづいてくる気配があった。

「警察だ！」

ドゥバイヨルのなかまのひとりがさけんだ。ふえをふきながらかけよってくる警官たちのすがたが路地のさきに見えた。

「にげるぞ！」ドゥバイヨルはさけんだ。ぼくをひとにらみして「おまえのことはおぼえておくからな」と言いのこし路地裏のおくへはしりだした。なかまたちも彼のあとにつづき、ぼくとおじさんだけがその場にのこされた。

「わたしのなまえはブラウニー。きみがつれていかれるのを見て、こりゃ大変だとおもったんだ」

　ふとったおじさんは路地裏をでたところで深呼吸した。ボールのようなからだにみじかい手足がはえている。まるい顔にちょびヒゲとつぶらなひとみがついている。つやつやとしたほっぺは、まるで生まれたてのあかんぼうのようだった。かわいらしい顔をしたおじさんである。

「あの警官たち、ブラウニーさんがよんでくれていたんだね？」

「そのとおり。それにしてもおそろしい子だったね」

「あいつは頭がおかしいんだ」

　ブラウニーは鼻の下のちょびヒゲをなでた。

「まったく、あんな子からうらみを買うなんて。人だすけをするときはもっと慎重にしないといかんよ」

　ぼくはブラウニーの顔を見た。人だすけだって？　彼はつぶらなかわいらしい目をかたほうだけとじてウィンクした。

「きみはおじいさんをたすけるためにあの子へ石をなげただろう？　ちゃんとしって

いるんだぞ。おいで。おじいさんがきみにおれいをしたがっている。わたしは彼のつかいさ」

ブラウニーはぼくを手まねきしてあるきだした。

町の中心にあるテオブロマ通りに、ノイハウスホテルというホテルがあった。戦争まえからある古い建物だった。銃弾のあとなのか、かべに無数のくぼみができてぼろぼろである。正面玄関の上に、人の顔をかたどったうすきみわるい彫刻が、かざりとしてはめこまれていた。ブラウニーはまわりに人がいないことを確認すると、ホテルの入り口へすばやく入った。カウンターにすわっている老人の従業員はいねむりしていた。

「物乞いのおじいさんがホテルに住んでるのは意外かね」

ブラウニーはまるいおなかをゆらしてわらった。ぼくたちはエレベーターにのりこみ、五階でおりてろうかをぬけた。502号室のまえでブラウニーはたちどまりとびらをノックした。ガチャン、と錠のあく音がきこえた。

「先生、つれてきましたよ」

ブラウニーはとびらをあけて部屋に入った。ぼくも手まねきされて中に入る。室内にはベッドとつくえといすと花瓶があるだけだ。ベッドわきに旅行用のおおきなスーツケースがある。

老人がたっていた。まがった腰のせいで貧相な印象をうけた。髪とヒゲがぼさぼさで、服のひじやひざはすりきれている。三日ほどまえから学校のある通りにすわっていた老人である。よく見ると部屋のすみに、彼のもっていた板きれのかんばんや、コインを入れていたあきかんがおいてあった。

「ここへおすわり」

かすれた声をだして彼はいすをさした。彼の指はこきざみにふるえていかにも老人のようだった。腰かけると、老人はぼくの正面にたった。ブラウニーはおかしなだしものでも見るように、部屋のかたすみで目をきらきらさせていた。

「きみたちがたすけてくれなかったら、けがをさせられていた」老人が言った。

「ドゥバイヨルはだれにでもけんかを売るんだ」

「れいも言わずにたちさってもうしわけない。でも、できればきみとだけこっそりはなしをしたかった。ほかの子がいっしょにいるとさわぎがおおきくなるかもしれない。わたしのことは秘密だ。そのうちに記者がかぎつけてこの町にやってくるだろう。そのときまでだれにもはなさないでいてほしい」

かすれていた老人の声が、いつのまにかわかい男の声になっていた。耳にのこるようなふかみのある声だった。腰もぴんとのびている。どうどうとしたたちすがたの老人は、ぼくやブラウニーよりもはるかに背がたかかった。老人はかたほうの手で髪の毛とヒゲをむしりとった。どうやらかつらとつけヒゲだったらしい。彼のひとみは深海をおもわせる青色だった。その顔をぼくはしっていた。マルコリーニに見せてもらった雑誌に彼の写真がのっていた。いつも彼のことをかんがえていたから人ちがいするはずがなかった。彼はぼろきれのような服のポケットから、トランプ大の赤いカードをとりだした。

「警察に保管されているものをかりてきたんだ」

ぼくはそのカードをうけとってよくながめた。カードのおもてに【ＧＯＤＤＩＶＡ】というサインと「№.21」という通し番号が見えた。あれ？　とぼくはおもう。なにかがおかしいけれど、その理由はわからない。

「それは『白銀のブーツ』がぬすまれたときのこされていたものだ」

『白銀のブーツ』盗難事件。それは、いま現在、怪盗ゴディバによる犯行だと判明した、最後の事件である。しかし、ぼくはふしぎにおもった。公式発表では『白銀のブーツ』盗難は怪盗ゴディバの二十回目の犯行だったはずだ。それならカードには「№.20」と書かれていなければならないはずである。犯行の回数とカードの通し番号がく

いちがっている。しかしそのような疑問はささいなことだった。興奮しているぼくは
それどころではなかった。
「カードをうらがえして確認したまえ」彼が言った。
カードのうらには、風車小屋の絵が小さくえがかれている。
「地図の絵といっしょだよ、ロイズ。まちがいない」
ぼくは目のまえの人を見あげた。
名探偵ロイズ。彼とのであいは、そのようにおこった。

2章

1　画学生とパン

「きみがどんな子かをしらべようとおもったんだ」

「だから学校まえの通りにすわってたんだね」

路面電車が通りすぎるのをまって、ぼくたちは道を横断した。たちならぶアパートメントのあいだから、くれかけている空が見えた。平日ならいまの時間、工場ではたらきおえた人々がながい影をひきずってあるいているところだった。

ロイズはまえ髪をいじりながらあるいた。ぼさぼさの髪は目にかかるほどながかった。本物の髪の毛ではない。そとへでるまえに、老人のものとはべつのかつらをスーツケースからとりだして頭につけたのだ。そうしなければまともに町中をあるけないのだという。この国で彼の顔はしられすぎていた。上着やズボンにところどころ絵の具がついていた。画家をめざしている貧乏学生の変装だという。

「ロイズさん、ぼくのうちにきても、あんまりおもてなしはできないよ」

彼は口にひとさし指をあてた。

「しっ！　そのなまえを言ってはいけない。どこに耳があるかわからないからね。いまのわたしはゴンチャロフだ。画学生ゴンチャロフ。水彩画がとくいだ」

「ゴンチャロフさん、ブラウニーさんはこなくてよかったの？」

「あいつにはほかの仕事がある」

ブラウニーはロイズ探偵事務所の秘書だった。ふたりはいつもいっしょに行動しているらしい。ロイズはたてにほそながいぼうのようなからだつきをしているし、ブラウニーはまるいボールのようなからだだ。

「まだしんじられません。あなたの横をあるいているなんて」

「人生にはおもいがけないことがおこるものなんだよ」

首都からはるばる鉄道をのりついで辺境の町まできてくれるなんてしんじがたいことだった。このミッシェル町には、工場と市場以外になにもなかった。まずしい人々のためいきと、残飯をあさるのら猫しか見あたらない。探偵ロイズがあるいているなど、だれが想像できるだろうか。

アパートメントに到着してわが家のとびらをあけた。母は外出中だった。ウェイトレスの仕事に行ったのだろう。ダイニングにロープがはりめぐらされている。洗濯されたぼくのシャツや母の下着などがほされていた。ロイズはそれを見ておどろいた顔をした。

「創作意欲がわいてきたぞ」

「ゴンチャロフさん。ぼくの部屋はこっちです」

クローゼットのおくから聖書をとりだした。父が買ってくれた古い革表紙の聖書だ。中にはさんでいた地図をぬきとってロイズにさしだした。

「これが手紙に書かれていた例の……」彼は慎重に地図をひろげた。目つきがするどくなった。彼は地図上の印を指さして言った。「そのとおり、これは金貨にきざまれていた絵がらだ」ロイズは地図をうらがえして風車小屋の絵をしらべはじめた。ぼくは横でそのようすを見つめながら、彼が虫眼鏡をとりださないかと期待していた。有名なはなしだが、彼はいつもなにかしらべるとき虫眼鏡をつかうのだ。しかし彼はなかなかそれをださなかった。

ロイズをじゃましないよう、ぼくは部屋をでた。お茶を入れようとおもいダイニングで湯をわかしていると母がもどってきた。

「だれかきてるの？」

母はコートをぬぎながら首をかしげた。ぼくが来客用のティーカップを用意していたからだ。

「うん、人がきてる」

「だれ？」

どのように説明すればいいのかまよっていると、ロイズが部屋の入り口にたった。

「あの、どうも、こんにちは」彼が頭をかきながらあいさつした。

母がびくりと肩をふるわせた。ぼくは彼を紹介した。

「この人はゴンチャロフさん。画学生なんだ」

「はじめまして、せんもんは油絵です」彼が言った。

「ゴンチャロフさん、さっきは水彩画がとくいだって言ってなかった？」

「それはむかしのはなしだよ」彼はぼくを手まねきした。ちかよるとぼくにだけきこえる小さな声で「すてきなお母さんじゃないか」と言った。

「すみません、気がつかなくて」

母はほおを赤らめながら、ダイニングにほされているシャツや下着をとりこんだ。

変装などしなくても、いったいだれがおもうだろう。自分の家に探偵のロイズがきているなんて。

「この人はぼくのともだちなんだ」

「ときどき、絵をおしえてあげているんです」

画学生がぼくのからだをひきよせた。ぼくも彼の腰に腕をまわした。母は洗濯ものを両腕にかかえて、ぼくとロイズを交互に見た。

母のつくってくれたシチューはあいかわらず具がすくなめだった。ロイズの口にあうかどうか心配したが、彼はひとくちのんで「これはうまい！」と目をかがやかせた。母はうれしそうな顔をした。

「ゴンチャロフさんは、ふだん、どんなものをめしあがってるの？」

「たべるものなんてありませんよ。画学生は貧乏なんです。似顔絵をえがいてかせいだお金も、結局は絵の具につぎこんでしまう。朝食なんて誕生日にしかたべません」

ロイズがシチューをのみほして満足そうなためいきをついた。

「お金がないのはどこもいっしょなんですね」

三十分ほど会話はつづいた。母は画学生の生活を質問して、ロイズはていねいにこたえた。ほかにも彼は、絵のえがきかたやコツ、すばらしい芸術とは、についてはなしてくれた。画学生としてのふるまいは完璧だった。

そのうち彼がぼくの父のことを質問した。父は半年まえに肺の病気で死にました、とぼくは説明した。いつもなら父の写真が食器だなにかざってあるはずだった。しかしどこにも見あたらなかった。落ちてものかげにかくれているのだろう。そのかわり父がすわっていたいすにロイズがすわっていた。

やがてロイズはたちあがり「たのしい時間をありがとうございました」と言った。ぼくと母は彼を見おくるために玄関をでた。

「また、いらっしゃってください。あ、そうだ。すこしまってて」

母は部屋にもどった。ふたりきりになったのを確認してロイズは言った。

「風車小屋の絵のことだが。犯行現場にのこされていたカードの絵と、まったくおなじだった……」

「じゃあ、あの地図はゴディバの？」

「そうかもしれない……。リンツくん、わたしはあの地図を首都にいる科学者たちにしらべさせたい。しかし、きみのお母さんにあやしまれるといけないからつぎのきかいにしよう。きみにききたいことが山ほどあるんだ。あの地図を手に入れたときの状況なんかをね」

母が部屋からでてきた。紙でつつんだものをもっていた。

「ゴンチャロフさん、これ、よろしければ」母は彼につつみをわたした。

「なんです、これ」

「パンです。朝食はだいじよ」

ロイズはおどろいた顔で母を見た。わが家にお金がないことは部屋のようすからわかったはずだ。たべるものにもこまっているのに、パンをあげる母はどうかしていた。しかもこの画学生は名探偵のロイズなのだ。わが家の何百倍もお金をもっているはずだ。

「でも、お母さん、わたしは……」

ロイズは母のまえでうつむいて口ごもった。

「いいんですよ、ゴンチャロフさん。そのかわり、すてきな絵がかけるといいですね」

「……あなたはいい人だ」

ロイズはぼくと母に手をふって階段をおりていった。

翌朝、ぼくは睡眠ぶそくだった。ロイズにあった興奮でねむれなかったのだ。あくびしながら学校に行き、教室に入ってせきについた。あそんでいるクラスメイトたちをながめながら、ぼくがロイズにあったなんてはなしたらどんなおおさわぎになるだろうか、とかんがえた。もちろん、だれにもはなすつもりはなかった。しばらくは秘密にしてほしい、とロイズに言われていたからだ。

「老人に乱暴するから、ばちがあたったみたいだぜ」授業のはじまるまえにディーンがはなしかけてきた。「ドゥバイヨルがつかまったってさ」

「ドゥバイヨルが？」

「きのう、警官のひとりをぼうでなぐったんだ。理由はしらないけど、おいかけられていたらしいよ」デルーカもやってきて会話にくわわった。

「とうぶんのあいだは学校も平和だな。あいつ、しばらくはキャンディーショップの店員だ」ディーンはシャドウボクシングをしながら言った。

「キャンディーショップって、あめだまを売ってる店？」

「おとながきめたんだ。子どもがつかまったときは、刑務所につれていかれるんじゃなく、おとなの手伝いをさせられるんだってさ。あにきは通行人のかばんにカエルをしのびこませたとき、レストランで皿あらいさせられたんだぜ」

ディーンの説明によると、ドゥバイヨルの住んでいる地区では一週間ほど【マキシム・キャンディーショップ】ではたらかされることになるらしい。乱暴もののドゥバイヨルがあめだまを売ってるなんて想像つかなかった。しかし彼がまた学校にくるようになったら、ぼくはひどい目にあわされるにちがいない。彼はぼくの顔をおぼえているはずだ。

「どうした。顔色わるいぜ？」

ディーンがぼくを見て言った。

「どうしてあいつはみんなに乱暴するのかな」

「くやしいのさ、おれたちとおなじように貧乏ぐらしなのが。あいつの家、ずっとむかしは貴族だったたってうわさだよ。これもあにきからおしえてもらったんだ。あいつは没落した高貴な家の子どもなんだ」

ドゥバイヨルの顔だちをおもいだして、貴族の家系だったというはなしに納得がいった。彼の顔はととのって気品さえかんじさせた。もしも乱暴でなければ、女の子にもてたはずだ。

おひるになると、デルーカからパンをもらってすごした。午後の授業がおわって足ばやに教室をでようとしたらデルーカがはなしかけてきた。

「今日はパンの配達しないの？」

「用事があるんだ」

「なんの用事だ？」ちかづいてきてディーンがきいた。

「ごめん、はなせない」

「なんだよ、おしえろよ」

ディーンはぼくがなにをするのか気になるようすだった。ぼくはごういんにふたりにわかれをつげて学校をでた。工場のたかい煙突のさきから、けむりのはしらがたっていた。ひとけのないテオブロマ通りをぬけて、きのう、ブラウニーに案内されたノイハウスホテルへむかった。カウンターにすわっている老人の従業員は今日もいねむりをしていた。エレベーターにのりこんで五階にあがり、５０２号室のとびらをノックした。

「学校はたのしかったかね」

ブラウニーがまるいボールのようなからだをゆらしながらとびらをあけた。彼は５０３号室でねおきしていたが、ねるとき以外はロイズのこの部屋にいるようだった。

室内はヒーターであたたかかった。ロイズがいすに腰かけて、ながい足をつくえの上にのせていた。彼の手もとから赤色の毛糸がのびていて、なんだろうとおもったら、彼はあみものをしていた。

「わたしの趣味があみものだなんてことをみんなには言わないでくれよ」

ロイズはあみぼうをうごかしながらぼくを見ずに言った。彼があみものをするなんてことは、どの新聞や雑誌にも書かれていなかった。

「あみものなんて、女の子がやるものだとおもっていました」

「そんな法律はない。ほら、ごらん」彼はあんでいたものをぼくに見せた。かわいらしいクマの顔があみこまれたセーターだった。「どうだい」ロイズはほこらしげな顔だった。

「クマの顔がゆがんでます」

「え、そうかなあ」

ロイズはつくえから足をおろして、むずかしい表情でセーターを見つめた。ぼくはベッドに腰かけて彼のようすをながめた。うーん、とうなりながら頭をかいてこまっている彼のすがたは見ていてあきなかった。

「ところで今日は、もうひとり、客がくるはずだ」

ロイズが言ったとき、とびらがノックされた。

「さすが警視。時間ぴったりだ」

ブラウニーがとびらの鍵をあけると、からだつきのがっしりした彫像のような男が入ってきた。目もとにしわがあり、ロイズやブラウニーよりも年上のようだった。身につけているコートは高価そうな生地で、両手に箱をかかえていた。

「探偵くんにみやげをもってきたぞ。きみのすきなチョコレートケーキだ」

彼は箱をさしだした。

「ガナッシュさん、気がきくじゃないですか」

ロイズがあみかけのセーターをおいた。

「きみが手紙をくれたリンツくんだね。わたしはガナッシュ。ロイズのしりあいで、つまり警察のおじさんだ」

ガナッシュとよばれた男はぼくを見おろした。映画にでてくるギャングの親分のように迫力があった。ぼくはきんちょうしながらおじぎした。

「はじめまして、ガナッシュさん」

ブラウニーが彼からケーキの箱をうけとった。ガナッシュ警視が買ってきたのは巨大なホールのケーキだった。ブラウニーは部屋をでて、どこかから四枚の小皿とフォークと包丁を調達してきた。それらはとなりの503号室にある彼のスーツケースの中に入っていたらしい。

「そんなものをもちあるいてるの?」

「旅の必需品だよ。いつ、いかなるときでも、ホールのケーキをきりわける準備はしておかなくてはね」ブラウニーは、さも当然という顔でこたえた。

ロイズだけいすに腰かけて、のこりはベッドへすわった。ブラウニーとガナッシュさんはからだがおおきいので、ちぢこまるようにしなければすわれなかった。

「首都のほうに変化はありませんか」

ケーキをたべながらロイズがきいた。

「平和なもんだ。きみが突然にいなくなって、記者たちが首をかしげているぐらいさ。今回の捜査、なんにんぐらい必要かね」

「まだわかりませんね。いまのところはひとりでだいじょうぶ」

「やれやれ。今日中にかえって報告しなくては……。今回の情報、どれくらいあてにできるのかね」

ロイズはぼくをちらりと見た。

「期待してください」

「にせ情報になんどもおどらされてきたことをわすれたのか?」

「今回はちがいますよ」

ガナッシュ警視のもってきたケーキは、これまでの人生ではじめて口にするようなすばらしい味だった。たべおえるとブラウニーがケーキのおかわりをのせてくれた。ロイズは無言でなにごとかをかんがえはじめて、はなしかけても返事をしなくなってしまった。いすの上でかたひざをかかえて空中をにらんでいる。どうやら、ロイズがこうなるのはいつものことらしい。ガナッシュとブラウニーはこころえたようすで、ロイズをほうったままはなしはじめた。

「おききしたいことがあるんですけど」ぼくはガナッシュ警視にはなしかけた。「きのう、この部屋でカードを見せてもらいました。怪盗が犯行現場にのこしていったやつです。それには通し番号で『No.21』と書かれていました。でも、公式発表では、怪盗の犯行はこれまで二十回だったのではありませんか？　どうして『No.21』のカードがあるんですか？」

「おい、きみがしゃべっているのは機密情報のひとつだぞ。気をつけたまえ。しかしまあいい。せっかくだからおしえてあげよう」ガナッシュ警視はかんがえこむような顔ではなした。「われわれもそのくいちがいでこまっている。おそらく、怪盗ゴディバによる盗難事件がひとつ見おとされているのだろう」

「見おとされている？」

『英雄の金貨』盗難のときのこされていたカードには『No.19』の通し番号があった。『白銀のブーツ』がぬすまれたときのカードには『No.21』。つまりそのあいだにひとつ、まだ発覚していない盗難事件があるのだろう。この件についてはわれわれも調査中だ」ガナッシュ警視は、もうこの件には口をはさまないでくれという顔をした。

「こんどはわたしがききたい。地図のことなんだが、手紙に書かれていたことはほんとうかね？」

「父の買ってくれた聖書にかくされていました」

「もしも地図がゴディバのものなら、印の場所に、きっとなにかがあるんですよ」ブラウニーが期待で目をかがやかせた。

「聖書を買ったときのことを、くわしくおしえてくれないかな」とロイズ。

ぼくたちは彼をふりかえった。ぼくは父と散歩にでかけた日のことをはなした。露店で胡椒といっしょに聖書を買ったことや、店の主人がかたってくれた聖書のもちぬしについてのことを説明した。

「聖書のもちぬしは火事の教会で子どもをすくった！」ロイズはたちあがって部屋をあるきはじめた。「地図が怪盗じしんのえがいたものなら、そのはなしは怪盗の人物像にせまる証言だ！」ロイズはつくえのひきだしから封筒とびんせんをとりだした。

よく見るとそれはぼくが彼にあてて書いた手紙だった。「『発見した地図のうらがわには風車小屋の絵がえがかれています』ときみは手紙に書いている。われわれはここをよんで確信した。これはにせものの情報ではない、と」

「なぜなら風車小屋の絵のことは、まだ世間に発表されていない。しっているのは警察関係者と一部の記者だけだからね」ブラウニーがつけくわえた。

彼らのはなしによると、カードにえがかれている風車小屋の絵はすべて手書きらしい。警察は絵についてさまざまな調査をおこなっていた。有名な絵をまねてえがいたのではないかという意見があり、おなじような絵画があるかどうかをしらべた。ふでづかいがにている画家はよびだされ、ながい時間、尋問をうけた。背景の木々を植物学者に見せて、どこの地方にはえている植物なのかしらべさせた。しかし結局、風車小屋についてわかったことはなかった。

「絵のことは友人のマルコリーニからききました。彼は新聞社で記者のみならいをしているんです。絵のことを彼からきいて、発見した地図が本物ではないかとかんがえたんです」ぼくは説明した。

「きみは手紙をだすまえからしっていたのか！　カードに風車小屋の絵があることを！　順番がふつうと逆ではないか！」ガナッシュ警視がしぶい顔をした。

ロイズはなにごとかをかんがえこんでいるようすでいすに腰かけた。ぼくはケーキをフォークでつきさして口に入れた。

「明日、マルコリーニくんにあってきてくれないか。風車小屋の絵の件、ほかにだれかにはなしたかどうかをきいてきてほしい」ロイズがぼくに言った。

「マルコリーニをしかるの？」

「しからないよ。どれくらい情報がもれているのかしりたいだけさ。マルコリーニくんにあったあと、地図をもって図書館にきてくれ。ひとりであるくのが心配なら、ブラウニーをつかいにだすよ」

ロイズは、たべかけのケーキを口に入れて両手をぱちんとならした。

「さあ、捜査の開始だ」

2　あやしい影

「あのはなしならほんとうさ。なんだよ、おまえ、しんじてなかったのか」

マルコリーニが言ったとき、ティーカップとポットをもった彼の母親が部屋のとびらをあけて入ってきた。

「おじゃましてます」

ぼくはマルコリーニの母親にあいさつした。

「また探偵と怪盗のはなしをしてるのね」

「おにいさんはいろんなことをおしえてくれるんです」

お茶の入ったカップをうけとってひとくちすすった。母親が部屋からでていくとマルコリーニが言った。

「風車小屋の絵のこと、せんぱいからはなしをきいたんだ。現場にのこされたカードにえがいてあるって」

マルコリーニは新聞記事のスクラップをめくった。怪盗ゴディバの二十回におよぶ犯行とその記事がぱらぱらと見えた。

「ねえ、もっとききかせてよ、そのはなし」

「気になるのか？」

「ロイズとゴディバのことに興味のない子どもなんていないよ」

マルコリーニはためいきをついた。

「絵のこと、だれにもはなしてないよな」

「もちろん」

「絶対にほかの子には言うな。おれもリンツにしか言ってないんだ」

「ぼく以外にはしゃべってない？　ほんとう？」

「ほんとうさ。さあ、話題をかえよう」

学校や友人のことをはなしたあと、マルコリーニは着がえてネクタイをしめた。彼はこのあと、新聞社に行って夜通し仕事をしなくてはいけないらしい。彼にれいを言ってぼくは部屋をあとにした。

そとにでるとつめたい風をうけてほおがひきしまった。石畳の通りをぬけてわが家のあるアパートメントにもどった。母はまだ薬品工場からかえっていなかった。クローゼットから聖書をとりだして、中にはさんでいた地図をぬいた。ぼくとロイズをつなぐ大切な地図だった。もしもこれが怪盗ゴディバのえがいたものなら賞金がもらえるはずだ。お金はもちろん母にプレゼントするつもりだった。もしかすると母は週末にウェイトレスをする必要がなくなるかもしれない。ぼくは図書館にむかった。

「ゴンチャロフさん、しらべものははかどってますか」

図書館は巨大な遺跡をおもわせる古い建物だった。ひろい空間に本だながたちならび、読書するためのテーブルがおかれていた。画学生に変装したロイズがすみのテーブルにぶあつい本をひらいてしらべものをしていた。ながいまえ髪がたれていて顔はわからないが、絵の具のついた見おぼえのある上着を着ているので彼だとわかった。

「マルコリーニくんはなんと言ってた？」

ロイズはとなりのいすをひいてぼくにすすめた。ぼくは腰かけてマルコリーニのはなしをつたえた。

「ほかの子どもにはしゃべっていないか……。なるほど……」

「なにをしてるんですか？」ぼくはロイズの手もとを見てきいた。

「ここ数年に発生した火災のことをしらべている。教会の燃えた事件がどの地方であったのかしりたいとおもってね」

ロイズは本の表紙を見せた。『火災事故・種類と統計』という題名だった。

「ブラウニーさんは？」

「わたしとおなじ理由で、教会関係者にききこみちゅうだ」ロイズはすわったまま背のびをした。「あの地図が怪盗のえがいたものである確率はたかい。露天商のはなしがほんとうだとすると、わたしたちは子どもをすくった若者のなまえとすがおをしらねばならない。ところで、ここにはともだちといっしょにきたのかい？」

「ひとりですよ」

「おかしいな。きみにすこしおくれて、子どもが図書館に入ってきた気がしたんだけど」

彼は首をひねった。それらしい子どもはいなかった。

「見まちがいじゃないですか」

「そうかもね。地図はもってきたかい？」

地図を上着のポケットからとりだした。ロイズはあきれたように言った。

「ぶようじんだぞ。おとしたらどうする」

「ごめんなさい、ゴンチャロフさん」

ロイズは地図をうけとってひろげた。ぼくたちはおしゃべりをやめて地図に見入った。

「地図の写真をとって首都に郵送しよう。おおぜいでしらべれば、これがどこの町かわかるかもしれない。きっと大変な労力だぞ。方角も書いてないし、この国だという保証もない。でも、やる価値はある」

「ぬすまれた宝物がここにかくされているかも……」

地図上の印を指さした。ぬすまれた金貨とおなじ模様だ。

「きめつけるのははやいさ」

ぼくたちのうしろにある本だながきしんで音をたてた。つづいて、何者かがはしりさっていくような足音をきいた。ぼくとロイズは顔を見あわせた。地図をもってたちあがると、ロイズは本だなのうらがわをのぞいた。ぼくも彼のあとにつづいた。本だなのうらにはだれもいなかった。ロイズは地図をおりたたんでポケットに入れると、あるきまわってあやしい人影をさがした。しかし図書館には読書中の人間しかいなかった。

「これからは気をつけたほうがいい」

ロイズはポケットに手をおいた。ぼくは彼に地図をあずけることにした。彼がもっているほうが安心だった。

「きみはこれまでどおりの生活をおくるんだ。もしもなにかがわかったら、画学生がきみの家をたずねるよ」

ロイズをのこして、ぼくは図書館をでた。夕焼けの空に工場のけむりがたなびいていた。自宅にもどって母と夕飯をたべてベッドへ横たわった。うすい毛布をすりぬけて冷気がしのびよってきた。からだをまるめて目をとじていると、図書館でのことをおもいだした。なにもせずに本だながきしんで音をたてるだろうか。やはりだれかがそこにいて、本だなにからだをよりそわせて、ぼくたちの会話にきき耳をたてていたのではないだろうか。その人物はきいてしまったはずだ。「ぬすまれた宝物がここにかくされているかも」というぼくのはなしを……。

「おい、どうしてきのう、こなかったんだよ」

学校に行くとクラスメイトのヘフティにはなしかけられた。彼は背もたかく、運動もよくできたので、クラスの中でリーダーのような存在だった。

「リンツがくれば勝ってたんだ。おまえがいないせいで、十人で試合しなくちゃいけなかったんだぞ」

ヘフティはぼくの肩をおした。朝はやかったので、教室に人はまばらだった。

「用事があったんだ」

クラスの男子であつまって、週に一度、夕方にサッカーの試合をすることになっていた。ぼくはヘフティのチームだったが、きのうは試合の日であることをわすれて、学校がおわるとマルコリーニの家に行ってしまった。ヘフティが怒るのもむりはなかった。ぼくたちにとってサッカーで負けることは、連勝の記録をストップさせてしまうことだった。

「そのへんにしておけよ」

チームのメンバーがやってきた。いつもパスの練習をしている友人たちだ。彼らはヘフティの肩に手をおいてなだめようとした。ヘフティは、ふん、と言ってぼくに背中をむけた。たちさるまぎわに彼は言った。

「移民の子をチームにいれるんじゃなかった」

「なんだって？」

ぼくがききかえすと、彼らは足をとめてぼくを見た。

「冗談さ。来週は試合にきてくれよ」ヘフティは肩をすくめた。

つくえについてしばらくすると、ディーンとデルーカが登校してきた。

「きのうは残念だったよ。逆転負けしちゃったんだ」ディーンがうらみがましい声でぼくに言った。

「ごめんよ。さっきヘフティにも言われたよ」

「まあいいさ」

ディーンがわらってぼくの肩をたたいた。

「きのう、どうしてこなかったの？」デルーカがきいた。

ぼくは言葉をにごした。試合のことをわすれていなかったとしても、やっぱりぼくはマルコリーニにはなしをきき、ロイズのいる図書館へ行っていただろう。

「最近、ようすがおかしいよ。ぼくたちにかくしごとをしてる」とデルーカ。

「おれらをさけてるよな」とディーン。

先生がやってきて音楽の授業をはじめた。つくえをうごかしてひろい空間をつくり、ぼくたちは横一列にならんだ。先生が教室のピアノをひいて、それにあわせてぼくたちは声をだした。一ヵ月後の発表会のために、合唱の練習をしなければならないのだ。うたいながらぼくは、ドゥバイヨルのことをおもいだした。

「これは慈悲のためさ。どうせまともな職業にもつけずにおまえは死んでいく。生きてたってしかたないだろ?」

父方の祖父母はすこしまえまでべつの国でくらしていた。戦争がおきたとき彼らは故郷をすててこの国に移り住んだ。だから彼らのことをみんな移民とよんだ。ぼくは移民の末裔《まつえい》だ。移民の血をひいた子は、なかなか職にありつけない。この国にむかしから住んでいる人々さえ生活がくるしいのだ。たった数十年まえに外国から移り住んできた人々がありつける仕事なんてのこっていない。ドゥバイヨルの言うとおりだ。ぼくがまともな仕事につくチャンスはない。もしもいい仕事にありつけたら、ねたまれてなにをされるかわからない。すこしまえ、移民の血をひいた人間が、はたらいてたくわえたお金で小さな雑貨屋をひらいた。翌日、だれかに火をつけられて店は灰になった。移民の血族は向上心をもつな、という警告だった。ぼくは移民の末裔。戦争の炎をのがれてこの国に移り住んだ。他人の土地に住まわせてもらっているのとおなじだ。

学校がおわると、ディーンとデルーカとぼくの三人でカフェタッセ通りへむかった。ぼくがおかしをがまんしていると、ふたりがチョコレートとガムをすこしずつくれた。「ガムといっしょにチョコレートをたべたら、ガムが口の中でとけるんだよ」デルーカが言った。ぼくはためしにやってみた。ガムは口の中でほんとうにとけた。

石畳をあるきながら、街灯につながれている犬にほえられたり、映画館のポスターをながめたりした。ふたりは今日も探偵ロイズと怪盗ゴディバのはなしでもりあがっていた。ロイズは現在、ゴディバ事件の調査のため首都をはなれているらしいが、どこでなにをしているのかはわからないらしい。デルーカが新聞に書かれていた記事をおしえてくれた。

「記者たちもゆくえをしらないのか？」とディーン。

「どこに行ってしまったんだろう」とデルーカ。

ディーンとデルーカはおかしをたべながらおおさわぎした。ちょうど毛糸屋のまえを通りかかったので、なにげなく店内をみると、画学生ゴンチャロフがいた。彼はたなにならんでいる色とりどりの毛糸を深刻な顔でながめていた。

「ロイズはきっと外国にいるんだ。おおぜいの警官をひきつれて、怪盗ゴディバの捜索をしているんだよ」ぼくはてきとうなことを言った。

「きっとそうにちがいない」ふたりが賛同した。

まがりかどにくるとぼくはたちどまった。

「あ、用事をおもいだした！」

といかけてくるふたりにうそを言ってまがりかどをかけだした。ふたりがおいかけてこないのをたしかめて、うらみちを通り、さきほどの毛糸屋にむかった。

「子どもたちは、あなたがゆくえ不明だから、おおさわぎしてますよ」

店に入ってゴンチャロフにはなしかけると、彼は毛糸を見つめたまま返事をした。

「子どもたちというのは、さきほどきみといっしょにそこの道を通りすぎたディーンくんとデルーカくんのことかね」

「気づいてたんですか！」

「敏感なんだぞ、わたしは」

ロイズはたなから毛糸のたばを三つ手にとってレジにむかった。お金をはらって毛糸を紙ぶくろに入れてもらい、ぼくたちは店をでた。カフェタッセ通りをあるきながらロイズは宝物をみるような目で紙ぶくろの中をのぞいていた。

「旅行に行くとき、かならずあみぼうだけはもっていくんだ」

「虫眼鏡もでしょう？　あなたのトレードマークだ」

「あれはうそさ。探偵らしく見せているだけなんだ」

「でも、虫眼鏡をかまえている写真がたくさんある」

「ファンがよろこぶからそうしているだけ。虫眼鏡なんてやくにたつもんか。ばかばかしい」

「おどろくことばかりだ……」

ロイズにさそわれて町かどのカフェに入り、むかいあってテーブルについた。彼がおごってくれるというので、ぼくはホットチョコレートを注文した。

「地図を写真にとったよ。フィルムをガナッシュ警視に郵送するため、郵便局にでかけていたんだ」

「今日も画学生の変装なんですね」

「老人か画学生の変装道具しかもってきてないんでね」

店内はこみあっていて、おおぜいのはなしごえがうるさかった。

「いま、ガナッシュ警視は捜査員を総動員して、国内にあるすべての市場をしらべている」

「すべての市場？　この国にあるぜんぶの？」

「小さなものまでふくめると、なん百ヵ所あることやら。もちろん、露天商を見つけるためだ」

スケールのおおきなはなしなので、ぼくはめまいがしそうになった。

「それから、ここ数年のうちで焼けおちた教会はないらしい」

ロイズがむずかしげな顔で言った。

「もしかしたらべつの国のことだったのかも……」

「あるいは露天商のつくりばなしだったのかもね」

ぼくたちが声をひそめて捜査状況のことをはなしていると、ロイズのうしろにすわっていた学生たちが、ひときわおおきな声をだした。

「怪盗をはやく見つけて、八つ裂きにするべきだ！」

「なんて悪趣味なんだろう！　なまえ入りのカードをのこしていくなんて！」

「頭のおかしい変人だよ！」

学生たちはいっせいにテーブルをたたいてわらいごえをあげた。彼らのはなしている内容は、新聞や雑誌が怪盗ゴディバについて書きたてていることだった。よくある光景なのでぼくは気にしなかった。学生たちのなかまに入って、ぼくもいっしょにゴディバのことをバカにしようかとおもったくらいだ。しかし画学生のようすがおかしいことに気づいてぼくは声をかけた。

「ゴンチャロフさん？」

こぶしをふるわせながら彼はたちあがった。くるりとふりかえり、わらっている学生たちに指をつきつけた。

「そんなことを言うもんじゃない！」店内にひびくようなおおごえだった。学生たちだけでなく、店にいた全員がしずまりかえって画学生を見た。なんなんだこいつは、という表情をみんながしていた。「しつれいした」ハッとした顔でそう言うと、ロイズは伝票を手にしてレジへむかった。

店をでてあるきながら彼は深呼吸した。

「どうもわたしは、怪盗ゴディバがわるく言われているのにがまんならない」

「冗談でしょう？　だってあなたは『あんな大悪党をのさばらせてはいけない』っていつも言ってるじゃないですか」

「記者たちに言わされているだけさ。いや、記者たちのうしろにいる組織にえんじさせられているというべきか」

「組織？」

カフェタッセ通りをはずれると、人通りがすくなくなった。たまにすれちがう人は、風から身をまもるようにコートのまえをかさねている。

「怪盗を悪者にしたてて、民衆の鬱憤《うつぷん》を自分からそらせようとしているものたちがいるんだよ。わたしは英雄にまつりあげられて、彼らのわるだくみを手伝わされているだけさ」

「どういうこと？」

「記者たちが悪者らしく書かなければ、ゴディバこそ英雄だったかもしれない。でも、彼らはそうなることをおそれた。だから自分たちで英雄をつくることにしたのさ。戦争がおわったあと、この国はいろいろなものをうしなった。代償はあまりにおおきかった。だからそういうからくりが必要だったんだ。人々はこころからしんじられるものをもとめていたんだ」

彼はかつらをむしりとった。まえ髪にかくれていた顔があらわになった。

「なにしてるの！」

ぼくは両手をかざして彼の顔をかくそうとした。もしも通行人が彼に気づいたらおおさわぎになってしまう。

「わたしは英雄なんかではない。でも、英雄でありたいとおもっていることもたしかだ。複雑でこころの中はばらばらだ」

ロイズは深呼吸をくりかえすとふたたびかつらをかぶった。その場所でわかれをつげてロイズはさっていった。

家にかえると、仕事からもどっていた母が深刻な顔ですわっていた。おとなりのモロゾフさんが旅行さきで交通事故にあって入院しているという。しばらく意識不明だったらしいが、最近になって手紙が書けるまでに快復したらしい。母は彼からとどいた手紙をぼくに見せてくれた。手紙の文字はよれよれだった。まだ手に力が入らないのだろうと想像した。

「旅行からかえらないとおもったら……」と母。

「いのちがあっただけでもよかったよ」とぼく。

不謹慎だけどつぎのようにもかんがえた。モロゾフさんが留守にしていたおかげで、ぼくは新聞をよむことができて、ロイズに手紙をおくることができたのだ。いつか入院中のモロゾフさんに手紙を書こうね。母とそうはなしをしてベッドに入った。

最悪のニュースをきいたのは翌日の午後だった。

3　泥棒の少年

朝から空にうすぐらい雲がひろがっていた。学校がおわってぼくは足のよわいおばあさんの家にパンをはこんだ。仕事をおえるとデルーカのおやじさんからコインをもらった。配達がすんでデルーカとみじかいたちばなしをした。いつもならディーンもいっしょにいるはずだったが、その日、彼はかぜをひいて学校をやすんでいた。帰宅するためにあるいていたら町かどでブラウニーにあった。彼はぼくが通りかかるのをまっていたらしい。目があうとまるいからだをゆらしながらかけよってきた。

「すぐにきてくれ」

「なにかあったの？」

「ロイズからちょくせつ、はなしをきくといい」

ホテルに移動すると、老人の従業員が、今日はいねむりをしていなかった。エレベーターで五階にあがり、５０２号室のとびらのまえにたった。

「とびらをあけてごらん」ブラウニーが深刻な顔で言った。

とびらをあけようとしたら、取っ手だけがすっぽぬけた。

「こわれてる！」

取っ手の金具がこうみょうにはずされていた。

「だれがこうしたのかわからない。手なれた人のしわざだよ」

室内に入ると、ロイズがベッドにすわっていた。彼の顔は青ざめていた。

「まんまとやられた……」

室内はあらされていた。クローゼットがあけっぱなしにされ、服がゆかにちらかっている。ロイズのスーツケースのなかみも、がらくた箱をひっくりかえしたようにぶちまけられていた。

「ガナッシュに連絡しといた。あと一時間で首都からかけつけてくる」ロイズはブラウニーにはなした。ぼくは部屋中をおおっている粉に気づいた。スーツケースや、毛糸、画学生の服まで白い粉がかぶっている。

「さっき指紋をしらべてみた。この粉は指紋をしらべるためのアルミニウム粉末だ。結局、わたしたち以外の指紋は見つからなかった。犯人は手ぶくろをしていたらしい」ロイズが説明した。

ぼくは不安になった。室内にはいろいろなものがひっぱりだされてちらかっているが、かんじんなものが見あたらない。

「ガナッシュ警視が警官たちの指揮をとって犯人を捜索するらしい」ロイズはぼくを見た。「これは推測でしかないが、きみと図書館に行った日、犯人はわたしたちの会話をきいていたのではないだろうか。そして犯人は、あれが宝の地図にちがいないとかんがえた……」

彼はあとをつけられ、部屋をつきとめられた。

地図が見あたらない。何者かが部屋に侵入してぬすんでいったのだ。

お茶をのんでひといきついても泥棒へのいきどおりは消えなかった。あれはぼくにとってただの地図ではなかった。父が買ってくれた本の中からでてきたものなのだ。そのことをしらずにぬすんでいった人間がはらだたしかった。ぼくとブラウニーがベッドの上でティーカップをかたむけているあいだ、ロイズは部屋の中をあるきまわっていた。

「どうしてあのとき、うしろを確認してあるかなかったんだろう！」

ロイズは自分の頭をかべになんどもうちつけた。しばらくうなだれたあと、急に毛糸とあみぼうをつかんであみものをはじめた。おそろしいはやさで毛糸があまれていった。しかしすぐにそれもやめて、彼はたちあがり、ゴンチャロフ氏のかつらをかぶってふらふらと部屋をでていった。

「心配だからついていきます」

ぼくはブラウニーに言いのこしてロイズのあとをおった。国でいちばんの名探偵を心配する日がこようなどとはこれまでおもいもしなかった。

いまにも雨がふりそうなくもり空だった。石畳やアパートメントのかべはくらい色をしていた。ロイズはひとけのない通りを無言であるいた。ゴンチャロフ氏のかつらは指紋採取用の粉をかぶっており、ロイズが頭をかくとそれがちった。かつらだけは画学生だったが、服装は新聞記事に登場するロイズそのものだった。

ホテルのうらに川がながれていた。いつもはそんなことないのに、なぜかその日、たくさんの魚があおむけになってういていた。工場の廃水でもながれこんだのかもしれない。あるいは、だれかが毒でもながしこんだのかもしれない。魚の死体は気をめいらせるのに十分だった。

川のふちにすわってロイズは石をなげた。彼のはなった石は水中にしずんでいった。となりに腰かけてぼくは彼を見つめた。

「あみものをするなんて、おかしいかな」ロイズがふたたび石をなげた。「母があみものずきで、わたしにおしえてくれたんだ」

「あれをやるとおちつくんですか？」

「おもいだすんだ。たのしかったころのこと」

川面《かわも》にできた波紋はすぐに消えた。

「わたしのせいだ。不注意で地図が消えてしまった……」

ロイズは画学生のかつらごしに頭をかいた。

「写真はのこってるんでしょ？」

「写真と本物ではちがうよ。紙やインクの成分からなにかがわかったかもしれない。

それに、直筆ってところがわたしには重要なんだ」ロイズはふてくされたようにひざをかかえて水面を見た。「ゴディバのことをしるのがわたしの夢だった……」

「みんなとちがって、わるいやつだとはおもってないんですね」

「記者たちにはないしょだぞ。彼はわたしのあこがれなんだ」

「あこがれ⁉」

ぼくはおどろいた。探偵ロイズと言えば、怪盗ゴディバをやっつける正義の使者のはずだ。その彼が怪盗にあこがれをいだいていたなんて想像したことさえなかった。

「彼が『おもいでサファイア』をぬすんだときのことをはなしてあげよう」

ロイズはぼくの肩に手をおいて、少年のように目をかがやかせはじめた。

怪盗ゴディバの犯行の手口は警察の極秘情報だ。それをしっているのはかぎられた一部の人だけである。

「『おもいでサファイア』盗難事件は、怪盗ゴディバの十回目の事件だった。わたしはそのとき大学生で、まだ捜査にくわわっていなかった」

『おもいでサファイア』のもちぬしは戦時中に財産をきずいた老人だった。この老人は、拳銃の生産工場の社長だった。

拳銃にはおおざっぱにわけて回転式と自動式の二種類がある。

回転式は一発撃つたびに撃鉄とよばれるトンカチみたいなものをひきおこす必要がある。ひきがねをひくと、撃鉄が弾のおしりをたたいて火薬が燃えあがり、ガスが生じて弾丸がとびでる。

いっぽうで自動式は、弾を撃ったときの反動やガスの圧力を利用して、空《から》の薬莢をはきだしたり、つぎの弾を勝手に準備してくれたりする。つまり面倒なことをしなくてもつぎつぎと弾丸を発射できるわけだ。そのかわり中の部品がおおく、複雑な動作をするので故障しやすい。最悪のこわれかたをした場合、ひきがねをひいた瞬間、拳銃のほうがばくはつしてしまう。

しかしこの老人のつくった自動式拳銃は故障がすくないと評判だった。こわれて爆発して手がまっぷたつにさけてしまうようなこともなく、弾はシュッととんで相手の胸やひたいにタンッとかっこよくあたった。

さて。老人の屋敷はきりたったがけの上にあり、近所の人からはふくろこうじ屋敷とよばれていた。なまえの由来は屋敷にむかう道が一本しかなかったせいだ。壁面にはりつくようにしてのびている道は、かたがわがけ、かたがわが海という状態だった。そこを通ってがけをあがる以外、屋敷にむかう方法はなかった。ふくろこうじ屋敷の宝物庫に『おもいでサファイア』が保管されており、そこには最新の侵入者探知機がとりつけられていた。だれかの気配があると、電線をつうじて警察署の警報機がなりひびくしくみになっていた。数分のうちにおおぜいの警官が出動し、屋敷にいたる道をふさぐのだ。そのような屋敷にゴディバは入りこんだ。

「彼には探知機をさける方法があったんですか？」

「そんな方法はない」

「電線をきっておいたんだ。だから警察署の警報機はならなかった」

「それもだめだ。電線がきられても警報機がなるしくみになっていた。ゴディバが仕事をした夜、警察署の警報機はけたたましくなったそうだよ」

ある夜、ふくろこうじ屋敷の宝物庫に侵入者があった。いくえもの鍵をやぶられて『おもいでサファイア』はぬすまれた。警報機がなりひびき、すぐにおおぜいの警官が出動した。彼らは車にのって屋敷のたっているがけの下にあつまった。

十人の警官が道をふさいで、不審な人物がおりてくるのをみはることにした。ふくろこうじ屋敷に侵入者があった場合は、そうするように以前からきめてあった。屋敷にいたる道をふさいでおけば、犯人はとじこめられたもどうぜんだった。その道を通る以外には、がけをおちるしかない。

「そんな場所に、どうしてゴディバはぬすみに入ったの？　にげられないことはわかってるのに！」

「それでも怪盗はぬすみに入るものなんだ。なぜなら怪盗だからね。ところでその屋敷がある地方には、どくとくの自然現象があった。ホワイトショコラという現象だ」

「ホワイトショコラ？」

「その土地の住民がつけたなまえだ。年に数回、その地域に濃い霧が発生する。海のほうからやってきてすべてをおおいかくす、自分の足もとさえ見えない霧だ。住人たちはだれも家のそとにはでない。それがホワイトショコラ。ゴディバはそんな霧の夜をえらんだ」

がけの下に十人の警官をのこし、ほかの全員は屋敷にむかってあるいた。道をふみはずして海におちないよう、注意ぶかく道をすすんだ。

彼らは屋敷にたどりつくと、『おもいでサファイア』のぬすまれた宝物庫で怪盗ゴディバの赤いカードを発見した。警官たちは色めきたった。自分たちのさがしている犯人はふつうの宝石泥棒ではない。あの怪盗ゴディバなのだ。つかまえて名をあげようと、彼らは必死になって犯人をさがしはじめた。

「ゴディバはふくろのねずみじゃないですか！」

「その通り！　がけを下りることもできない。警官に道をふさがれているから、怪盗は屋敷のそばからにげられないはずだった」

屋敷の中に怪盗は見あたらなかった。警官たちは霧のたちこめるそとにでた。手にもった懐中電灯をかかげても数歩さきさえ見えなかった。「点呼用意！」と警官のひとりがさけんだ。「一！」、「二！」、「三！」と警官たちは霧の中で順番にさけんだ。点呼は十までつづいた。十人は霧の中でゴディバをさがしたが見つからない。やがてだれかが言った。

「応援をたのんでこよう！」

がけの下で道をふさいでいた警官たちは、霧の中からなんにんかの警官がはしってくるのを見た。「犯人は怪盗ゴディバだ！」「さがすのを手伝ってくれ！」はしってきた警官は口々に言った。

「ゴディバだって⁉」道をふさいでいた警官たちはおどろいた。無線にとびつくもの、車内から懐中電灯をとりだすもの、警棒と拳銃を確認するもの、彼らの足音が霧の中でひびきわたった。さらになんにんかの警官が怪盗逮捕という名誉をもとめて屋敷へむかった。なんにんかはのこって道をふさぎつづけた。

「そのまま夜があけた。霧もはれてあたりが見えるようになった。ホワイトショコラは朝日にとけたんだ。でも、ゴディバは見つからなかった」

「どうして？」

「ヒントをおしえよう。道をふさいでいた警官たちはぜんぶで十人いた。屋敷のそばで怪盗をさがしたものたちもぜんぶで十人いた。でも、これはあとでわかったことだが、その夜、捜査にくわわった警官はぜんぶで十九人しかいなかった」

「十九人？　おかしいですよ。数があわない。警官はあわせて二十人のはずでしょう？」

「つまりね、『応援をたのんでこよう！』と言ったやつがゴディバだったんだよ。あとにひとりずつはなしをきいたときわかった。あの夜、そうさけんだ人間は警官の中にいなかったんだ。ゴディバは警官の服装で泥棒をした。霧の中で自分をさがす警官たちの中にこっそりとまぎれこんだ。それから『応援をたのんでこよう！』とさけぶ。道をふさいでいた警官たちのところにかけつけてさらにこう言った。『犯人は怪盗ゴディバだ！』警官たちはそのなまえをきいて騒然とした。まわりがあわただしくなったところで、彼はパトカーや警官たちのあいだを通りぬける。不審におもってよびとめるものはいなかった。彼は警官の服を着ていたし、そもそも視界はまっしろだったからね」

ロイズは石をなげた。川面に波紋がひろがり、魚の死体がゆれた。ほんとうに、どうして今日にかぎって魚の死体がういているのだろう。

「ホワイトショコラにつつまれて、彼はどこかへ消えてしまった」

ロイズはつぶやいて腕時計を見た。

「ブラウニーをよんで駅にむかおう。ガナッシュ警視が到着するころだ。これから地図をさがさないと」

レールをきしませながら列車はとまった。ひろい肩はばのガナッシュ警視がかばんをもって客車をおりてきた。ホームにならんでいるロイズとブラウニーとぼくの三人を見ても、彼はにこりともしなかった。

「予想外のことがつぎつぎとおきるから、正直なところおどろいてる」

５０２号室にもどってガナッシュ警視は言った。

「このこと以外にもなにか？」

室内に散乱しているスーツケースのなかみを見ながらロイズがきいた。

「あとでおしえる。きみの報告からはじめようじゃないか」

ガナッシュ警視がすわると、彼のおもみでベッドのスプリングが悲鳴をあげた。ロイズは彼に説明した。

「この部屋から地図をぬすんだのは子どもです。にげていくところを見ました。最初からはなすことにしましょう。今日の十五時、あなたと電話でしゃべったのをおぼえてますか？」

地図がぬすまれる直前までロイズは部屋にいた。ガナッシュ警視からホテルに連絡が入る予定になっていた。十五時ちょうどになると、５０２号室のとびらがノックされた。いつもカウンターにいる老人の従業員が、電話がかかってきたことをしらせにきたのだ。電話は一階のカウンターにあった。ロイズはエレベーターで移動して受話器をとった。

「ガナッシュ警視からの連絡をきいているとき、だれかがエレベーターにのりこんだ。ホテルのうらぐちから入ったのだろう。ほかの宿泊客だとおもったのだが、もしかすると犯人だったのかもしれない」

約二十分、ロイズは電話をした。ガナッシュ警視からの報告は、露天商の男を捜索中だが、いまのところかんばしくないというものだった。電話をきって部屋にもどろうとしたロイズは、さきほどうごいたエレベーターが五階にとまっているのを表示で確認した。

「わるい予感がしたんだ」

五階に上がってろうかをあるいているときだ。無人であるはずの502号室のとびらが、ロイズの目のまえであいた。とびらをあけてでてきたのは小がらな人物だった。ぼうしを目深《まぶか》にかぶっており顔はよく見えない。部屋の主人がろうかにたっていることに気づくと、あわてたようすでにげだした。

「彼は背中をむけてはしりだし、階段をかけおりていった。わたしはエレベーターでさきまわりしようとかんがえた」

しかし運わるく一階で宿泊者の女性がエレベーターをよんだ直後だった。無人のままエレベーターはおりてしまい、階段に方向転換しなくてはならなかった。

「手おくれだった。泥棒にはおいつけなかったよ」ロイズは首を横にふった。

「運がわるかったんだ。エレベーターにのれていれば、おいついていたはずだ」ガナッシュ警視がなぐさめた。

泥棒する子どもがおおいのは、この町にかぎったことではない。飢えている子どもは国中にいて、戸じまりのしっかりしていない家がないかどうかいつも目をひからせている。しかしよりによって地図に目をつけるなんて、と歯がゆいきもちになる。あの地図は怪盗をつかまえる大切な証拠品になるはずだった。

「早急に地図の捜索をはじめたい。ところでわたしはこの件について、ある推理をしてみたんですが……」

「まってくれ」

ガナッシュ警視がかたてをあげると、ロイズははなしを中断した。

「そのまえに、つたえておきたいことがある。さっき、出がけに秘書から書類がとどいたんだ」

ガナッシュ警視は、かばんから何枚かの紙きれをとりだした。

「これがもうひとつの予想外なできごとだよ。いや、頭のどこかでは予想していたというべきか……」

ロイズは紙きれをうけとってよみはじめた。彼の表情がくもり、ぼくのほうをなんどか見た。

ロイズの顔にうかんでいたのは失望だった。

どうやら雨がふってきたらしい。ホテルの窓に雨つぶがつきはじめた。

「かさをもってるかい」

ブラウニーが窓を見てぼくに耳うちした。

「もってないよ」

「じゃあ、わたしがおくってあげよう」

ブラウニーはぼくを安心させるように肩へ手をおいた。ロイズがいすからたちあがってぼくのまえにたった。雨はしだいにつよくなって窓をぬらした。

「おちついてきいてくれるかい」ゆかにひざをついて目線をぼくにあわせた。「この書類には、首都にいる学者グループのかんがえが書かれている。郵送した地図の写真を、おおぜいの研究員が徹夜してしらべてくれたんだ。その結果、犯行現場にのこされていたカードの絵と、地図の絵とでは、筆致がちがうとわかった。つまりあの地図をえがいたのは怪盗ゴディバではないらしい……」

電線に火花をちらしながら、水たまりを路面電車が横ぎった。雨はやむ気配を見せない。ぼくはブラウニーのかさに入れてもらっていた。

「あなたはどうやってロイズさんとしりあったの？」

石畳をあるきながらぼくはきいた。アパートメントがたちならんでいる。数日まえ、ドゥバイヨルとそのなかまたちがぼくをはがいじめにした場所だった。

「ロイズがこの国にやってきたころのことだ。探偵事務所のむかいがわに、わたしのはたらくケーキ屋があった」ブラウニーはとおくを見ながらはなした。

「ブラウニーさん、ケーキ屋ではたらいてたの？」

「ロイズはそこの常連客で、おたがいにあいさつをするなかだった。でも不況のあおりをうけてケーキ屋はつぶれてしまった。ところでわたしの親は故郷でねたきりの状態なんだ。わるい病気にかかっていてね。妹が面倒を見ているんだが、くすりのお金をしはらうために借金ができてしまった。仕事をうしなってわたしがこまっていると、どこでしらべたのかロイズがわが家をたずねてきて、借金をたてかえてくれたんだ。それいらい、わたしは彼に頭があがらない。一生、ついていくってきめた」

ブラウニーがあるくとまるいおなかが目のまえで上下にゆれた。

「当時からロイズは、怪盗ゴディバをおっていた……」

彼はそうつぶやくと、まえをむいたままむずかしい表情でおしだまった。さきほどホテルをでるときのロイズの顔をおもいだしているのかもしれない。

ぼくたちがホテルをでるとき、画学生のかつらをかぶったまま、ロイズはそとまで見おくりにでてくれた。彼はぼく以上に残念そうなようすだった。あの地図が怪盗ゴディバのえがいたものだったとしたら、長年、おっていた怪盗の正体がわかるまであとすこしだった。しかしすべては白紙にもどった。こんご、ガナッシュ警視はぬすまれた地図の捜索をおこなうという。しかしそこに情熱はなかった。われわれは地図さがしなどをせずに、封書でおくられてきたほかの手がかりをしらべるべきではないかね、とガナッシュ警視は顔にしわをきざんで言いたそうにしていた。おそらくあの地図は、ゴディバのものだとうたがわせるために、だれかがいたずらでえがいたものなのだろう。それが首都にいるおおぜいの研究員の意見だった。ゴディバのかくれ家をしっている、とうそをついてみんなをこまらせる人間はどこにでもいた。

「ロイズは明日の夕方にこの町をでるそうだよ。わたしとガナッシュもいっしょに行く。首都へかえるんだ」

ブラウニーがあるきながら言った。

「ぼくみたいに幸運な子って、ほかにいないですよね」

雨がつよすぎてかさはやくにたたなかった。ぼくのシャツやズボンは雨にぬれておもくなっていた。からだがひえて指さきがまともにうごかない。

「しんじられないことでした。ロイズさんにあえるなんて奇跡です」

「そうだとも」

「このことだけで、一生、くじけずに生きていけそうです」

「ロイズにつたえておくよ。彼もよろこぶ」

ぼくはブラウニーのかさからでて彼にむきなおった。

「ここまででだいじょうぶです。ありがとうございました」

すぐにうしろをむいて石畳の道をはしった。わが家のあるアパートメントにたどりついたとき、ぼくの全身はずぶぬれだった。

4　ドゥバイヨル

翌日、雨上がりの空は晴れていた。部屋のカーテンをあけると、ロイズのことは夢だったのではないかとおもえた。

「ゴンチャロフさんはげんきにしてる?」

朝食をたべているときに母がきいた。

「げんきだよ」

「あら、そう」

母はなにかかんがえるような顔をした。

「どうかした？」

「またパンをもっていってあげるってのはどうかしら」

「彼はこの町からでていくみたいだよ。もしかしてこのみのタイプだった？」

「父さん以上にお金をもってなさそうだけど」

ぼくはミルクをふきだした。父とあの人をくらべるなんて、とおもうとおかしかった。父が死んで半年しかたっていない。でもぼくたちはこんな会話をしてよくわらった。ぼくたちは父が肺の病気で死んでしまったことを冷静にうけとめていた。まいにち、父の着がえをもって病院にかよっていたころのほうがぼくたちのこころはしずんでいた。

「それに、デメルをこえる人はあんまりいないとおもう。おしい人を亡くしたものよ」

「そんなにすごい人だったっけ？」

「人のだんなにケチつける気？　あなたは父さんのことをなにもわかってない」

母は朝食のかたづけをはじめた。学校のしたくをととのえるといっしょに家をでた。もとどおりの生活がはじまったのだ。


「ロイズはどこに行っちゃったんだろうなあ……」

デルーカが新聞をよみながらつぶやいた。ひるやすみになると、ぼくとディーンとデルーカはいつものように校舎裏の材木おきばではなしをした。デルーカが自宅からもってきた新聞には『ロイズ、首都からいなくなる』という記事の続報がのっていた。写真もついていたが、ロイズではなくガナッシュ警視をうつしたものだった。首都をるすにしているロイズのかわりに彼が記者の質問にこたえたらしい。

『われらの偉大な探偵は、現在、大悪党ゴディバについての有益な情報を確認するため首都をはなれています。これ以上の詳細は言えません』

「ロイズのいる場所がわからないって、なんだか不安だよな」材木の上で空中をキックしながらディーンが言った。

午後の授業は算数だった。数式をながめているとあくびがでてきた。ねむけをさますためにぼくはロイズのことをかんがえた。彼は今日の夕方までこの町にいるのだ。

でもホテルの部屋には行かないでおこう。見おくりにも行ってはいけない。この数日間、ぼくにしたしくしてくれたのは、ともだちだからではなく情報の提供者だったからだ。ぼくはそこを誤解してはいけない。

それにしても地図はだれがぬすんだのだろう。ぬすんだ犯人は、あれが本物の宝の地図だとしんじているはずだ。見当ちがいもいいところである。

「リンツくん、まえにでてきて、この問題をときなさい」

先生がぼくを指さして言った。黒板にむずかしそうなかけ算の問題が書かれていた。黒板のまえにでてみたが問題をとくことができずにしかられた。

「今日はなにしてあそぶ?」とディーン。

「パンの配達するんなら、ぼくもいっしょに行くよ」とデルーカ。

学校がおわってかえりじたくをしているとき、ふたりがはなしかけてきた。

「用事があるんだ。今日はまっすぐかえる。パンの配達、また明日からやるっておじさんにつたえといて」

ぼくはふたりにわかれをつげて学校をでた。まっすぐにかえるというのはうそだった。わが家とは正反対にある地区へむかった。そこはホテルや駅のある町の中心からもはなれており、くすんだ色のアパートメントがおはかのようにたちならんでいるだけの地域だった。地区のかたすみに【マキシム・キャンディーショップ】があり、そこでドゥバイヨルがはたらいているはずだった。だれが地図をぬすんだのか、という疑問をかんがえつづけてひとつの結論にいたった。それがドゥバイヨルだった。

きのうの十五時、犯人はホテルの502号室に入って地図をぬすみだした。ここでつぎの二つの疑問がある。

その地図に価値があることを、どうやって犯人はしったのだろう？

どうして502号室に地図が保管されているとわかったのだろう？

「きみにすこしおくれて、子どもが図書館に入ってきた気がしたんだけど」

ロイズは図書館にいるときぼくに言った。そのときは気のせいだとおもったが、きっと彼はただしかった。ぼくはあとをつけられていたのだ。その子は見つからないようにかくれてぼくをおいかけていた。ぼくにつづいて図書館に入り会話をぬすみぎきした。偶然に会話をきいたのではない。興味があってきき耳をたてていたのだ。つまり、ぼくに興味をいだいてあとをつけていた人物こそ、地図をぬすみだした犯人にちがいない。そんな人物はひとりしかおもいうかばない。ぼくにうらみをいだいているドゥバイヨルだ。

た。かわいらしいピンク色のかんばんが店のまえにぶらさがっていた。とびらをあけるには勇気が必要だった。ドゥバイヨルのするどいひとみをおもいだすとぼくはこわくなった。彼のおそろしさは腕力があるからという簡単なものではない。むしろ彼はほそみで、力があるようには見えなかった。しかし彼はまちがいなく学校一きけんな子どもだった。いつでも相手が気にくわなければ一瞬のためらいも見せずになぐることができるだろう。彼が乱暴な理由はなんなのだろう。没落した彼の家系に原因があるのではないか、とディーンが言っていた。彼が兄からきいたはなしによると、うそかほんとうかわからないが、ドゥバイヨルには貴族の血がまじっているのだという。

「道にまよったのかい?」

道ばたで警官にはなしかけられた。このへんをパトロールしているらしい。ぼくは首を横にふってキャンディーショップにむかってあるきだした。こわいなどと言っている場合ではない。ぼくは地図をとりもどさなくてはいけない。

とびらをあけようとしたとき、小さな子どもをつれた母親が店からでてきた。小さな子どもはなきじゃくっており、母親は肩をいからせていた。

「こわいよう。こわいよう」

子どもは両手で顔をおおってくりかえした。キャンディーショップでいったいなにがおこなわれたのだろう。ぼくはつばをのんで店に入った。

「いらっしゃい」

店のとびらをあけるとなげやりな声がきこえた。背すじがふるえそうになる。ほおのいたみといっしょに記憶している声だった。ピエロのような制服をきているドゥバイヨルがカウンターのおくにたっていた。彼のまわりには、色とりどりのかわいらしいあめだまや、ぼうつきキャンディーがならんでいた。

「お客さん、どのようなキャンディーをおもとめですか？」ドゥバイヨルはぼくに気づいていないようだ。「この店にはなんでもありますよ。血のように真っ赤なキャンディーですか？　それとも、虫歯になってくるい死にしそうなほどあまったるいキャンディー？」

「……あの、さっきでていった子は？」

「ああ、さっきの。親におかしをねだって言うことをきかなかった。だから、こわいはなしをしてあげたんです。キャンディーがのどにつまって、それをとりだすためにからだを切りさかなくてはいけなかった子のはなしをね……」ドゥバイヨルは肩をすくめた。「ところでお客さん、すてきな新商品があるんです。ためしにたべてみませんか？」

彼が手まねきした。ぼくはつられてカウンターにちかづいた。カウンターはガラスケースにもなっており、あめだまが遊園地のようにかざられていた。ぼくがそれをのぞきこむと、ドゥバイヨルが猫のようなすばやさで腕をのばし、カウンターごしにぼくの髪の毛をつかんだ。ぼくは一瞬あとにはケースにひたいをおしつけられていた。

「ひさしぶりじゃねえか。なまえはリンツだっけ」

気づいていたのか！　もがいてもドゥバイヨルの手ははずれなかった。腕をのばしたまま彼は腰をかがめ、ガラスケースの反対がわからぼくをにらんだ。

「この町でじっとしていろよ。にげだすなんてかんがえるな」

色とりどりのあめだまをはさんで、彼はうたうように言った。

「おれが自由になったら恐怖を見せてやる。おまえはたえきれずに服従する。だれもがおまえから顔をそむけるだろう。人間は見ていられないものを、ながく見ていることなんてできやしないからな」

ぼくは、父と地図のことをおもいだして、くじけそうになるこころをもちこたえた。ガラスケースごしにドゥバイヨルをにらみかえしてぼくは言った。

「地図をかえして……」

ドゥバイヨルの目がほそめられた。動揺しているようすはなかった。

「しっているぞ。きみはぼくをおそうためにあとをつけてたんだ。図書館までやってきて会話にきき耳をたてた」

「ほう……」

ドゥバイヨルは観察するようにぼくを見た。

「ほかにおれはなにをした？」

「地図の場所に宝があるってはなしをきみはきいた。だからぼくへの復讐《ふくしゅう》をとりやめて、地図をぬすみだすことにした。しらばっくれてもだめだ。きのう、きみが地図をぬすんだってことはわかってる」

「てめえはおれのきらいなタイプだ。ここにあるあめだまをおまえの口につめこんで井戸につきおとしてやる！」

ケースにあるキャンディーを彼の右手がわしづかみにした。

「やれよ！　そのかわり地図をかえせ！　だいじなものなんだ！　きみがもってたってむださ！　どうせあれはにせものなんだから！」

「なぜそんなにかえしてほしい？」

「父さんのかたみだ！」

ドゥバイヨルが髪の毛をはなした。ぼくは彼から距離をとった。彼の目は窓にむけられていた。

「あいつが十五分おきに見まわりにくる。いまいましいやつだ。ほかにやることがないんだろうな」

窓のそとにさきほどの警官がいた。彼がぼくを自由にしたのは、警官が店内をのぞきこんでいたからだ。ドゥバイヨルは警官にむかってかたてをあげた。警官はうなずいて行ってしまった。

「問題児をいつも見はってるってわけさ。店にすがたが見えなければ、おれは施設におくられる」

「そうなっちまえばいいんだ。ちくしょう」

ぼくは泣きそうなきもちで言った。髪がつよくひっぱられていたかった。

「なにをかんちがいしてるのかしらねえが、地図なんてもってねえよ」

「うそだ！　きのうの十五時にホテルからぬすんだはずだ！」

「十五時ならここにいた。あの警官が証言するだろう。きいてくるがいい」

「彼がいないときを見はからったんだ。あの警官が通りすぎて、つぎにまたやってくるまでのあいだにぬすんできたんだ」

「おまえのだいじなその地図が、きのうの十五時にホテルからぬすまれた。その犯人がおれだって言うんだな？」

ぼくはうなずいた。

「ホテルの名は？」

「ノイハウスホテルだ。住所はテオブロマ通りの……」

説明しているとちゅうで、ぼくの確信はゆらぎはじめた。ドゥバイヨルは家畜でもながめるようなひややかな目でぼくを見おろしていた。

「駅のちかくだな。この店からはしっても往復で三十分以上かかる。おれはさっきこう言った。あの警官は十五分おきに見まわりにくる」

「のりものをつかったんだ」

「そうかもな。車も自転車もねえが、うばえばいい。でも、おれがそうするとおもうか？　わざわざ警官に見はられている時間にやるとおもうか？　もしおれなら自由な時間にやる。見つかって施設に入れられると面倒だ」

ぼくはめまいがしそうになった。地図をぬすんだのはドゥバイヨルじゃないのか？　じゃあ、いったいだれがやったんだ？　とっさにぼくはともだちの顔をおもいうかべた。彼は、そういえば、ぼくの行動をひどく気にしていた。ぼくがいっしょにあそばないでかえるようになったからだ。それにきのう、彼は学校をやすんでいた。十五時にホテルへ行けた子は、彼以外にかんがえられないのではないか？

「さっき、宝があるとか言ったな。なんのはなしだ？」ドゥバイヨルがきいた。

「どうせしんじてくれない。怪盗ゴディバと探偵ロイズのはなしなんだ」

ドゥバイヨルは興味をうしなったような顔をする。窓のそとを人が横ぎった。さきほどよりも人の通りがおおくなっている。仕事をおえた人々がかえりはじめたのだろうか。

「いいさ、しんじなくても。おじゃましたね」

できるだけさりげない調子でとびらにむかった。

「うごくな。かえろうとしたらぶち殺す」

ぼくはたちどまった。ドゥバイヨルがガラスケースのおくからでてきた。まだ子どもにはちがいなかったが、ぼくよりも背がたかい。腕組みをしてかべによりかかると、裁判官のような顔つきでぼくを見おろした。

「自分のうたがわれた理由をしらないままというのは気分がわるい。ぜんぶ、はなしてからかえれ。なにもかくすなよ。おかしな点があったらけり殺す。今度、警官がくるまで十五分ある。それだけあれば死体の処理は完璧さ」

ぼくがはなしはじめたのは純粋に恐怖からだった。この町にロイズがやってきたことも、地図がぬすまれたことや、地図がにせものだったことなども説明した。ドゥバイヨルはおどろかなかった。彼の目はぼくをあわれんでいるようにさえ見えた。彼はすこしもぼくのはなしをしんじていないのだ。

「もっとおもしろいはなしを期待していたんだがな」

ぼくが最後まで説明しおえたとき、ドゥバイヨルは言った。

「探偵のロイズがこの町にいるだと？　画学生の変装？　ばかばかしい！　まあいいさ。かえれよ、おれのきげんがいいうちに」

ドゥバイヨルはいまにもぼくをけり殺しそうな目で言った。これでもきげんがいいほうらしい。ともかくたすかった。店をでようとしたとき、とびらがあいてふとったおじさんが店に入ってきた。

「またひっかけてきたのかい？」ドゥバイヨルがおじさんにはなしかけた。

おじさんの顔は酔って赤くなっていた。彼はふらふらした足どりでドゥバイヨルにちかづいた。この店の主人ではないかとぼくはかんがえた。いったいなんて店なんだ！　とぼくはおもったが、口にはださなかった。

「それどころじゃねえって。町が大変なことになってるぞ」と、おじさん。

さきほどよりもそとがにぎやかだった。

「なにがあったんだ?」ドゥバイヨルがきいた。

「名探偵だよ。ロイズがこの町にきているんだ。みんなそれではしゃいでる」

ドゥバイヨルはぼくを見た。

「言っただろ、ぼくのはなしはほんとうなんだ」ぼくはおそるおそる言った。

「まあ、そうだな。しんじてやってもいい。しかしおまえはやっぱりけり殺す。ぜんぶがつくりばなしなら、あきれて見のがしてやってもよかったんだがな。おれは言ったはずだ。おかしな点があったらおまえを殺すって」

「おかしな点……?」

ドゥバイヨルはピエロのような制服をぬいでほうりすてた。彼には貴族の血がまじっているという。顔だちがこの町の人間からかけはなれていた。ぼくとは正反対に、この国の住人にうけつがれてきた血すじの顔だ。ただし労働者階級のものではない。もっと上の、ぼくたちのしらない世界の人々のもつ気品が、そのすがたからにじみでていた。ドゥバイヨルは言った。

「おまえのはなしにはなっとくいかない点がいくつかある。まあいい。おまえをけり殺すかどうかは、その事実確認をしてからかんがえてやる。まだわからないのか、おろかなやつめ。いまから言うおれの言葉をきいてうなだれろ。おまえのしんじるものをぶっこわしてやる。探偵のロイズ。それが地図をぬすんだ犯人のなまえだ。おまえのもっていた地図はおそらく本物。だからぬすまれたんだろうよ」

3章

1　名探偵の演説

カフェタッセ通りを駅方向にむかってあるくと広場にでる。日曜日には町の人々がやってきて、鳩にえさをあげたり、ふん水のそばで本をよんだりする場所だった。ぼくがかけつけたとき広場にはおおぜいの人がいた。おとなから子どもまでおなじ方向をむいてたっている。彼らの中心には、ふん水のそばに腰かけている探偵とその秘書がいた。

「つまり有力な情報があるときいてこの町にいらっしゃったわけですね？」

「情報のおくりぬしはどんなかただったんですか？」

スーツをきた新聞記者らしい男たちがロイズに質問した。

「情報のおくりぬしは、この町に住む少年だ。なまえは……まだ発表するのはやめておこう。その子に確認をとってからでないとね」

ロイズは明朗な声をだした。まわりの人々は目をかがやかせて彼を見ていた。

「それはどんな情報だったんですか？」

記者たちの中にマルコリーニのすがたがあった。彼は興奮したおももちでメモをとりながら質問した。

「地図が見つかったんだ。大悪党のかくれ家をしるした地図が」ロイズが言うと人々がざわめいた。いまにもお祝いパーティーをはじめそうなようすだった。「まってくれ。その地図は結局、だれかのいたずらだとわかった。捜査は白紙にもどった。こんばんじゅうにわたしは首都へもどるよ」

みんなが残念そうな声をだした。ぼくの肩をだれかがたたいた。

「そう簡単にゴディバのかくれ家が見つかるわけないよな」

うしろにディーンがたっていた。となりにがっかり顔のデルーカもいる。

「リンツは、いつからここにいるんだ？」

「ついさっききたところ」

「じゃあ、ロイズが喫茶店からここまであるいてくるところは見なかったんだな。すごかったんだぞ」

「みんながうしろをついてきて、まるでパレードみたいだったよね」

ディーンとデルーカが興奮してしゃべった。

ぼくはディーンにもうしわけないきもちになった。さきほど一瞬だけ彼をうたがってしまった。しかし彼が地図をぬすんだはずはない。ぼくが図書館に行った日、彼らはサッカーをしていたはずだ。犯人はほかのだれかなのだ。

ロイズは人々の視線の中心ではなしつづけていた。

「この町からおくられてきた地図の情報は、わたしに確信をいだかせる内容だった。ついに手がかりをつかんだとおもったよ。しかしその地図はだれかのいたずらだった。怪盗ゴディバがえがいたように見せかけられていたんだ。首都にある探偵事務所には、いまもおおくの情報が封書でよせられている。かえったらそれらをぜんぶ、よまなければいけない。そのおおくがにせの情報だ。でも、なかには怪盗の正体について書いたものがあるとわたしはしんじている。ほかのにせ情報から見わけてえらびだすのはとほうもない苦労だろう。しかしわたしはやらなければいけない。国民の財産をうばいつづける悪党逮捕のために。なぜならそれがわたしにかせられた使命なのだから」

彼がはなしおえたとき、地ひびきのような拍手がおこった。ディーンとデルーカとそのほかおおぜいの子どもたちはロイズに声援をおくった。ロイズは人々に手をふりかえした。探偵ロイズが地図をぬすんだなんてぼくにはしんじられなかった。

「地図をぬすんで502号室からでてきた犯人は、ろうかにたっていたロイズを見てにげだした。それはなぜだ?」

ドゥバイヨルがそう言ったのは、【マキシム・キャンディーショップ】をでて広場まであるいているときだった。

「部屋の住人がもどってきたんだ。にげだして当然だよ! ロイズをうたがうなんて! とりけせ!」

ぼくはドゥバイヨルにつかみかかろうとした。彼はぼくの足をひっかけた。ころんだぼくの背中をドゥバイヨルはなんどもふみつけた。

「このボケ! 死ね! じゃあきくが、犯人はどうやってその部屋に地図があるとしった?」

「図書館からでてきたロイズをおいかけたからさ」

ぼくはうめきながらこたえた。

「ちがうね。犯人があとをつけていたのは画学生のゴンチャロフだ。ロイズが図書館でおまえにあったとき、画学生の変装をしていたんだよな。地図をぬすんだ犯人は、502号室に部屋をかりているのは画学生だとおもいこんでいるはずだ」

「それがどうした」

「犯人は地図をぬすんで部屋をでた。ろうかに男がたっている。そしてにげだした。ここがおかしい。犯人はどうして、ろうかにたっている男を部屋の住人だとおもったんだ？　服装も髪型も画学生ではない男を、どうして部屋の住人だとおもいこんだ？」

「きっとロイズはそのときも変装してたんだ」

「ちがうね。変装はしていなかった。部屋中に指紋採取用の粉がふりかけられていたんだったよな？　ロイズが被害者ぶって、調査したようによそおったわけだ。粉は変装道具のかつらや服にもついていた。地図がぬすまれた時間、ゴンチャロフの変装道具は部屋にちらかされていたってことじゃねえか」

「犯人はきっと、動揺してにげたんだ。ろうかでしらない人にあって、おもわずにげだしたんだ。きっとそうさ」

広場にあつまっていた人々がわらいごえをあげた。新聞記者たちの質問にたいして、ロイズがユーモアできりかえしたらしい。どんなやりとりがあったのかはききのがしてわからない。彼のそばにいたブラウニーが、腕時計を見てたちあがった。人ごみをかきわけてふん水のそばをはなれようとする。

「通してやってくれ。秘書が首都に電話をしなくてはいけないそうだ」

ロイズがひとことそう言うと、ブラウニーを通すために人ごみがわれた。

ぼくはディーンとデルーカをその場にのこして広場をはなれた。

「ブラウニーさん！」

彼においついたのは、道路をわたったところにある銀行のまえだった。はなしかけると彼はたちどまってぼくを見た。

「やあ、リンツくんじゃないか」

「町がおおさわぎですね」

「喫茶店にいるところを見つかってしまって」

「変装はしてなかったんですか？」

「あとは列車にのるだけだから、油断してたんだ」

ちょびヒゲをさわりながらブラウニーはこまったようにわらった。ドゥバイヨルはまちがっている。彼はぼくを不安がらせておもしろがっているのだ。ロイズやブラウニーがうそをついているなんてばかげた発想だ。

「ごめんなさい、ぼくのせいで、こんな町にまでこさせてしまって……」

「いいんだよ、きみのせいじゃない」

「図書館で本だなをきしませたのはブラウニーさんだったんじゃないかって不安になっていたところなんです。ドゥバイヨルってやつが、ロイズさんのことをわるく言うものだから……」

広場にいる人々の拍手がぼくたちのいる場所まできこえてきた。またロイズがすばらしい演説をしたらしい。ぼくはブラウニーの顔を見つめた。拍手がおさまってふたたびしずかになる。

おろかなブラウニー。うろたえている彼の表情を見て、ぼくは、だれの言葉がただしいのかをさとった。

「……きみはいったい、なんのはなしをしているんだ?」

ブラウニーはハンカチをとりだしてひたいのあせをふいた。彼に背中をむけてぼくはきた道をもどった。よびかける声をきいたが無視した。

広場では記者たちの取材がおわり、子どもたちがサインをもらおうとロイズのまわりにあつまっていた。人々をおしわけてぼくはふん水にむかった。ちょうどロイズはディーンのさしだすノートにサインをしている最中だった。ロイズがぼくに気づいてにこやかな顔をした。ぼくは一瞬、胸がつぶれるようなきもちになり、呼吸できなくなった。

「しんじてたのに……」

子どもたちの興奮する声で広場はうるさかった。しかしぼくの言葉はロイズにきこえたらしい。ロイズは首をかしげてぼくを見た。

「はやいとこならべよ。サインをもらいそこねるぞ」

ディーンがノートをしまいながらぼくに気づいて言った。彼のうしろにデルーカやマルコリーニのすがたもあった。

「しんじてたのにうたがいはふくれあがるばかりだ。あの地図は本物だったんじゃないですか？　ぬすまれたように見せかけただけなんじゃないですか？」ぼくはロイズにきいた。

ディーン、デルーカ、マルコリーニは、ぼくのようすがおかしいことに気づいてロイズをふりかえった。ふん水のまえでロイズは顔をふせた。肩をふるわせたかとおもうと、ロイズが急にわらいだした。彼のわらいごえは広場にひびきわたった。さわがしかった人々はなにごとかとしずまりかえった。

「なるほどそうきたか、リンツくん！」

彼はぼくの両肩に手をおいた。ぼくはおそろしいきもちになった。だれよりも尊敬していた彼が、いまでは正体のわからない見しらぬ人になってしまった。ロイズはぼくのからだをだきよせてみんなのほうをむかせた。

「みなさん、紹介する。ここにいる少年が、わたしに手紙をくれたリンツくんだ。この子の手紙をよんでわたしはこの町にきた。つまりわたしとみなさんをひきあわせてくれたのはこの子なんだ」

広場にあつまっていた人々はぼくを見て拍手した。ディーンやデルーカがおどろいた顔をした。ほんとうなのかリンツ？　すごいじゃないか！　と彼らが言った。ぼくは肩におかれているロイズの手をはらいのけた。

「やめてよロイズさん！　ぼくはほんとうのことをききたいんだ！」

「ほんとうのこと？　それならもうわかってるよ。でも、はたしてどこまで公表するべきかまよっていたんだ。でも、もう二度とこんなことがおきないよう、みんなのまえで言っておくことにしよう。リンツくん、そもそもきみがあの地図を怪盗ゴディバのものじゃないかっておもったのはなぜだ？」

「風車小屋の絵があったから……」

「そう！　怪盗ゴディバはカードに風車小屋の絵をえがいている。これは警察関係者とひとにぎりの記者だけがしっていることだ。そうだろう？」

ロイズは新聞記者たちをふりかえった。記者たちは全員うなずいた。「記事にはされていませんが、風車小屋の絵がえがかれているってはなしはきいてます」とマルコリーニがつけくわえた。ロイズとぼくのやりとりをきいていたディーンやデルーカやそのほかの人々が記者たちに説明をもとめた。ロイズは満足そうな顔ではなしをつづけた。

「風車小屋の絵は、おそらく怪盗ゴディバにとってのトレードマークみたいなものなんだろう。そのマークが入っていないものは、つまり怪盗のものではないということだ。そしておどろくべきことに、リンツくんが発見したという地図にも風車小屋の絵があった。彼がおくってよこした手紙がここにある。いまここですこしよんでみよう」ロイズはポケットからびんせんをとりだした。ぼくの手紙だった。「だいじなところだけよむよ。『ぼくは怪盗ゴディバに関係のある地図を見つけました。地図のうらがわには風車小屋の絵がえがかれています』われわれはこの手紙をよんで確信した。この情報は本物にちがいない、と。だって一般にはまだしられていない『風車小屋の絵』という言葉が手紙に書いてあったんだからね」

いつのまにかしずまりかえってみんながロイズのはなしに耳をかたむけていた。

「だけど地図の絵の筆致はゴディバのものではなかった。だれかが『ゴディバの地図』をよそおうためにえがいたものだった。でも、なんのために？　もちろん、わたしをよぶためだよ。探偵事務所にはにせ情報を書いた手紙が山のようにとどく。わたしからの返事がほしくて、あるいはわたしにあってみたくて、にせの情報を書いてくるんだ。そのなかでも、リンツくん、きみのおくってきた手紙はずばぬけてほんとうらしかった。だって風車小屋の絵についての情報はそのときまだ記者たちに口どめしていたんだからね！」

「なにをおっしゃってるんですか……？」

いやな予感がした。しかしロイズはぼくを無視した。

「マルコリーニくん。きみが風車小屋の絵のことを彼におしえたんだってね？」

ロイズはマルコリーニをふりかえってきいた。

「おれがはなしました。そういえば、リンツはなんどもうちにやってきて、風車小屋の絵のことを質問してかえっていったっけ……」

そこまで言ってマルコリーニはなにかに気づいたような顔をした。ロイズは彼を指さしてさけんだ。

「その通りだマルコリーニくん！　ここにいる少年は、きみからその特別な情報をきいて今回の作戦をおもいついたのだ。地図に風車小屋の絵をえがいて、手紙にそのことを書いておく。ふつうの子どもはしらない特別な情報だ。そうして書かれた手紙は、この名探偵をよぶためのえさになったのだ！　わたしはこの子の手紙をよんで、これはしらべてみる価値があるとおもった。まんまとだまされたわけだ」

全員がぼくを見つめていた。ぼくはしんじられないきもちだった。

「ずるいよロイズ……。マルコリーニのところに行けって言ったのは、あなたじゃないか……」

彼はぼくを相手にしなかった。あつまっている人々にむかって声をだした。

「みなさん、この子をゆるしてやってほしい。だれにでもこんなきもちはある。自分で事件をつくりだして手紙を書くものはあとをたたない。主婦までがほんとうにはない密室殺人を手紙にしるして『たすけにきてくれ』とおくってくる。わたしにあいたいというきもちがつよすぎたんだ！」

マルコリーニやディーンやデルーカが無言でぼくを見つめていた。彼らだけではなかった。ふりかえるとおおぜいの視線がぼくにむけられていた。

「リンツ、おまえ、なんてことをしたんだ」

マルコリーニが最初に口をひらいた。

「ねえ、まって、ぼくのはなしをきいてよ……」

親友のディーンにすがりつこうとした。まるでうすきみわるいものをさけるように、彼はぼくからとおざかった。ぼくはつまずいて地面にひざをついた。やさしいころのデルーカがちかづいてきてぼくに言った。

「このクソったれの移民め！　きみは捜査のじゃまをしたんだ！」

ともだちの顔が怒りをあらわにしてゆがんでいた。ぼくはデルーカの顔と声がおそろしくて心臓がとまりそうだった。

「たちたまえ」

ロイズがぼくの腕をひっぱってたたせた。

「早くさりなさい。ここにいるべきではない」

彼はぼくの背中をおした。人々が道をあけた。ぼくの足は自分のこころに関係なくうごきだした。なにかをかんがえる余裕もなく、頭の中があつかった。人々の目がぼくをおってうごいた。移民め。そんな声がどこかからきこえてきた。ぼくは足ばやに人ごみをぬけた。うしろのほうにブラウニーのすがたがあった。彼は腕ぐみをして、いたずらした子どもをしかるような目でぼくを見ていた。広場からはしってとおざかっても、おそろしいきもちは消えなかった。

大通りをわたってあるいていると、涙があふれてでてとまらなかった。くやしいやらなさけないやらでこころがぐちゃぐちゃだった。道ゆく人がぼくをふりかえってなにごとがあったのだろうという顔をした。「おい」とだれかに声をかけられた。ぼくはそのままあるきつづけた。突然、うしろからつきとばされてころんだ。広場ではなしをきいていただれかが、ぼくをつかまえてなぐりにきたらしいとおもった。しかしどうやらちがったようだ。

「こんど、おれのよびかけを無視したら地獄におくってやる。たて。いまから地図をとりかえしにいくぞ」

ぼくをよびとめたのはドゥバイヨルだった。

2　あんたはおしまいだ

カウンターにすわっている老人はいつもとおなじようにいねむりをしていた。ノイハウスホテルのロビーを横ぎってぼくたちはエレベーターにのりこんだ。五階に到着してとびらがあくとドゥバイヨルがすすみでた。

「502号室がロイズ、503号室が秘書の部屋だったな？」

彼がきいた。ぼくの返事がおくれると「早くこたえやがれ！」と言ってぼくをけりとばした。彼はぼくのことを家畜の豚だとおもっているようだった。

「さっきは、おまえがともだちにののしられるところを見てぞくぞくしたよ」

ドゥバイヨルはろうかをあるきながら、くっくっくっとわらった。

「たすけてくれればよかったのに！」

「おれが？　おまえを？　ばかじゃねえの？」

彼は広場にいて一部始終を見ていたのだ。

「むしろ感謝してほしいくらいだ。なきじゃくっているあわれなおまえに声をかけてやったんだからな。おまえ、かえってもいいんだぜ」

「いやだ。地図はぼくのものだぞ。だれにもわたさない」

502号室のとびらの取っ手はこわされたままだった。

「ロイズかその秘書が自分でやったんだろう」

「地図がいまもまだこのホテルにあるかどうかわからないよ」

ぼくの言葉を無視してドゥバイヨルがとびらをあけた。室内に入ったが、すぐにろうかへもどってきた。

「なにもねえ、からっぽだ」

ドゥバイヨルはとなりの503号室のとびらにちかづいた。ブラウニーが宿泊していた部屋だった。鍵がかかっている。「しゃらくせえ！」とさけんで彼がけりをいれると、バキッという音をたててとびらはうちがわにたおれた。彼はとびらをふみつけて室内に入った。そのすがたはまるで怪物のようだった。503号室にはスーツケースがつみあげられていた。ドゥバイヨルはなれた手つきでスーツケースの鍵をこじあけてゆかにぶちまけはじめた。

「となりにいるから」

ぼくは言いのこして部屋をでた。この場は彼にまかせておこうとおもった。ひどいことがあった直後なので、どこかにすわってかんがえたかった。

ロイズのとまっていた502号室に入る。荷物がとなりにうつされたのは、鍵がかからなくなったからだろう。ロイズがあみものをしていたいすにちかづいた。背もたれにふれると彼の体温がのこっているような気がした。ベッドに腰かけると、ケーキをはこんでくるブラウニーのことをおもいだした。

幸福な時間をここですごした。でもそれはいつわりだったらしい。

となりの部屋から家具をひっくりかえす音がきこえていた。窓のそとは晴れており、鳥がさえずっていた。ほこりがきらきらと空中をただよって、おだやかな時間がながれていた。ベッドに横たわって、広場でのことは夢だったらいいのにとかんがえた。自分にむけられるつめたい視線が頭から消えさらなかった。やさしかった友人の「移民め！」という言葉が胸につきささっていた。

パンッ、というかわいた音がとなりの部屋からきこえてきた。爆竹のはぜたような音だった。それまでかべをはさんできこえていた騒々しい音が、とたんに消えた。ぼくはおきあがって部屋をでた。

５０３号室に移動して見たものは、ゆかにちらかっているスーツケースのなかみと、部屋のまん中にたっているスーツの大男だった。ガナッシュ警視である。

「この猿はきみのともだちか？」

足もとにたおれているドゥバイヨルを、彼はつまさきでつついた。ドゥバイヨルはうごかない。ゆかに赤い色の液体がひろがっていた。

「なんとか言いたまえよ、リンツくん」

おおぜいの警官を指揮するには巨大な体格が必要なのだろうか。天井にとどくほど背のたかいガナッシュ警視に見おろされると身がすくんだ。

彼の手には拳銃がにぎりしめられていた。黒色の自動式拳銃である。

「ひどいよ、ガナッシュさん……」

拳銃の先端にくらいあながあった。指のつめくらいの小さなあなだった。そこから金属のつぶが発射されるたびに地上から人間がひとり消える。シュッ、とつぶが出て、パンッ、と人生がおわる。とても簡単だ。チョコレートが口の中でとけるよりもはやくものごとをすませられるのだ。

「騒々しいとおもってきてみたらこれだ。地図ならここだよ」

ガナッシュ警視が上着のうちポケットからおりたたんだ紙片をとりだした。

「ぬすむようなことをしなくても、地図はあずけるつもりだった……」

ふん、と彼は鼻をならした。つまらなそうな表情だった。

「にせものだから価値がない。そうきみがおもいこんでいる必要がある。この地図を捜査本部に提出しないとなったとき、きみが疑問をもつかもしれんだろう？」

「提出しない？」

「この地図の存在は、わたしとロイズ、そしてブラウニーだけがしっていればいいことさ」

「わかったぞ！　ぬすまれた宝物がめあてなんだ！　あなたたちは、それを自分のものにしようとおもってるんだ！」

「強欲な金持ちどもにもどしてやることはないさ」

「ロイズが怪盗を逮捕するって、みんなはしんじてるんだぞ！　正義が悪党を逮捕してくれるからぼくたちもがんばれるんだ！　それなのに……！」

彼は地図を上着のうちポケットにもどした。拳銃をにぎりなおす。

「怪盗？　つかまえるさ。地図をえがいた男をつきとめて、そして闇《やみ》にほうむらねばならない」

「え？」

「怪盗は、わたしたちだけで処分するってことさ。よけいなことをしゃべられてはいかんのでね。たとえば、ぬすんだ宝を探偵たちが横どりした、などとね。いまから演技の勉強をしておくとするかな。怪盗がいなくなったあとも、われわれはやつをおいかけているふりをしなくては……」

「それが正義？」

「こんとんさ。もうすこしおとなになればきみもわかるさ。残念なことに、その日がくることは永遠にないわけだが」

ガナッシュ警視は銃口をぼくにむけた。くらいあなに見つめられる。

「ぼくはいけないことをしったんだね」

「とんでもないことをきみはしった。言いふらされたらこの国はおおさわぎになるだろう」

銃口のおくでじっと出発をまっている弾丸が、暗闇のおくでしたなめずりしてこちらを見つめている。

「こんなことだれがかんがえたの？」

「もちろんロイズさ。あいつはきれるやつだよ」

しんじていたものはあとかたもなくこわれた。ガナッシュ警視のひとさし指がひきがねにかかった。ぼくは自分の死を確信した。そのときガナッシュ警視が身をよじらせた。銃口がぼくからそれてパンッと音がした。壁に点のようなあながあいた。空の薬莢が銃から排出されてゆかにころがった。ガナッシュ警視がうめいた。彼の腰にドゥバイヨルがしがみついていた。彼は死んでいたわけではなかったらしい。しかし左肩の部分が血まみれだった。ドゥバイヨルは狼《おおかみ》がほえるような声をだした。言葉にならない野獣のおたけびだった。ガナッシュ警視がゆかにたおれた。彼の背中に包丁がささっていた。数日まえにブラウニーがケーキをきりわけた包丁だ。ドゥバイヨルがゆかにぶちまけた荷物の中にそれはあったのだろう。たおれてうごけないふりをしながら彼は包丁をひろっていたのだ。パンッ、とふたたび音がした。横むきにたおれたガナッシュ警視が最後にはなった弾丸だった。だれにも命中せず、窓ガラスにクモの巣のようなひびが入った。からん、と空の薬莢がゆかにころがった。ガナッシュ警視の巨体はしずかになった。見ひらかれた眼球は天井を見つめたまま、まばたきをしなくなった。

ドゥバイヨルは肩をおさえたままたちあがった。あらい呼吸をくりかえしていた。ガナッシュ警視の上着をさぐり、地図をとりだしてながめた。

「これが地図か。たんなる紙きれではなさそうだな。でなければこいつらが陰謀をはりめぐらせてうばおうとするわけがねえ」彼は地図をズボンのポケットにしまいこんだ。ゆかに拳銃がおちていた。彼はガナッシュ警視をまたいで拳銃をひろった。上着をさぐって財布をぬいた。ドゥバイヨルはもう死体などふりかえらなかった。動揺しているようすは見られず、あらかった呼吸も、すぐにしずまった。いまはもう、みだれた髪の毛をととのえている。「人を殺したのははじめてだ」かべの鏡を見つめながらドゥバイヨルは肩のきずに手をあてた。服にしみる血の面積がひろがっていった。

「混乱はない。むしろ気がせいせいしたぜ」ゆかにすわりこんでいるぼくを見おろした。気品のある顔に神々《こうごう》しいえみすらうかべていた。かたむきはじめた陽光が窓からさしこんできて、血まみれの彼と、ゆかにたおれている死体の上にふりそそいだ。ぼくは気絶しそうになるのを必死でこらえた。かべにあいたあなは、自分のひたいにあくはずのものだった。「かんちがいするなよ、おまえをたすけたわけじゃない。こいつがむかついたんだ」

じきにロイズとブラウニーがホテルにもどってくるはずだ。ぼくたちははしってホテルをにげだした。

「あんたはもうおしまいだ……」

ドゥバイヨルのなかまは困惑した顔で言った。

「てめえ、自分がなに言ってるのかわかってんのか?」

ドゥバイヨルがすごんだ。なかまたち三人は首をすくめたが、それでも彼にしたがわなかった。

「いくらなんでも人を殺したらおしまいだ。にげる手だすけはできねえ」

「あんたにはもうついていけない」

「それに、しんじられねえよ。ロイズがそんなことするなんて……」

ドゥバイヨルのなかまたちはきよわな表情だった。町はずれの廃墟は夕日をうけて赤かった。三人の少年は、ぼくたちがくるまでのあいだ、あきかんへ石をあてるゲームをしてたのしんでいたらしい。それぞれまだ石をにぎっており、かべぎわにはあきかんがならんでいた。

「ばかかおまえら。この地図の場所に行けば、怪盗のぬすんだ宝があるかもしれねえんだぜ！　大金がほしくねえのか？　ほしいにきまってんだろ⁉」

ドゥバイヨルが地図をつきつけた。彼のなかまたちはおびえた表情でちらちらとドゥバイヨルの肩の血を見つめた。ぼくはかべによりかかって彼らをながめた。

「あんたのはなしがほんとうかどうかわからねえ。宝もあるのかもしれない。でも、じきにあんたを警察がおってくるんだろう？」

「こわかったんだ、あんたにさからうのが……。でも、もうあんたについていくことはできねえ」

ドゥバイヨルのなかまたちは、手の中の石を地面にすてた。三人それぞれおたがいの顔を見てうなずくと、どうじにドゥバイヨルに背中をむけた。

「まてよ！」

たちさろうとする三人にドゥバイヨルが声をかけた。彼らはたちどまらなかった。ドゥバイヨルははしって彼らのひとりにしがみつき、えりもとをつかんでこぶしをふりあげた。彼のなかまはおそろしげに目をとじた。

「くそっ！　行けよ！　二度と顔を見せるな！」

ドゥバイヨルはこぶしをおろしてなかまを解放した。彼のなかまたちはにげるようにはしっていなくなった。廃墟にぼくとドゥバイヨルがのこされた。

「警察には行かないんだね？」ぼくはきいた。

「にげながら地図の場所をさがす」ドゥバイヨルはなかまたちの消えた方角につばをはいた。廃墟のかたすみに水道があった。ドゥバイヨルは水をだすと、シャツをぬいで肩のきずぐちをあらった。さいわいに骨にはあたっておらず銃弾はかんつうしたらしい。肩のまえとうしろにあながあいており、そこから赤い色がにじみだした。ガナッシュ警視の死体をおもいだしてはきそうになった。目のまえの少年は人を殺した。ひどいやつだとおもっていたが、ついに殺人者になりさがってしまったのだ。しかしぼくはその殺人に無関係ではなかった。彼はぼくをたすけたわけではないと言うが、ぼくにはやはり、いのちをすくわれたというきもちがあった。ぼくは彼のそばにたった。

「いっしょに行く」

「チビの手だすけはいらねえ」

それに、なにがその場所にうまっているのかを確認したかった。

「その地図はぼくのだ。かえしてくれないんだろう？」

「勝手にしろ」

ドゥバイヨルは服を身につけた。

「家にもどってしたくをしてこい。親の金をありったけぬすんでくるんだ。三十分後に駅でまちあわせる」

彼は地図をもってひとりでにげるかもしれない。しかししんじるしかなかった。ドゥバイヨルと廃墟でわかれ、わが家のあるアパートメントにむかってぼくははしった。路面電車の駅をとおりすぎて、まいあさ、母にあいさつする花屋のまえをかけぬけた。警察がさわいでいる気配はなかった。まだガナッシュ警視の死体は見つかっていないのだろうか。銃声をきいて警察に通報したものはいないのだろうか。ロイズとブラウニーはまだホテルにもどっていないのだろうか。

アパートメントの階段をかけあがり、自分の部屋でかばんに衣類をつめこんだ。ベッドのまくらもとに聖書があった。すべてはそこからはじまったのだ。父が気まぐれに買ってくれたその本をかばんの中に入れた。ドゥバイヨルは、親の金をぬすんでこいと言った。しかしわが家にお金なんてあるはずがなかった。パンの配達でためたお金をかばんに入れた。食器だなに家族三人でとった写真がかざられていた。父の生前、モロゾフさんがカメラで撮影してくれたものだった。ぼくと母と父が写真の中でわらっていた。先日までこの写真は見あたらなかったが、たなとかべのすきまにおちていたのを母が発見した。写真には父の直筆メッセージが書かれていた。

『リンツとメリーとデメルは、なかよくくらしていましたとさ』

写真はおいていくことにした。ぼくよりも必要になる人がこの部屋にのこされるからだ。アパートメントをでて駅にむかっていると母に遭遇した。母は買いものぶくろをかかえていた。ながいパンがふくろからとびだしていた。そとはすでに街灯がともりはじめており、窓のいくつかがあかるかった。そのおくでは家族が夕食をかこんでいるのだろう。

「どこ行くの?」母がきいた。

「ちょっと散歩してくる」

ぼくは母の顔を見つめた。ぼくを産み、そだててくれた人の顔は、いつものやさしい表情だった。母とわかれるなんてこと、これまでかんがえたこともなかった。母には書きおきさえのこしていなかった。

「ぼくをたずねてだれかがくるかもしれないけど、心配しないで」

「どういういみ？」

「そういえば名探偵がこの町にきてるんだってよ」

「ああ、うん、しってるけど？」

「やっぱり興味なさそうだね」

「ばんごはんまでにもどってくる？」

「さきにたべてて」

こころの中でいのった。どうかまたこの人にあえますように。ぼくは母をのこしてはしりだした。駅まえに警官がいた。だれかをさがしているようすはない。駅に入ってあたりを見まわすと、切符売り場にドゥバイヨルがたっていた。自宅できがえたのだろう。シャツがあたらしい。しかしまともな治療をしたようすはない。血がシャツにしみないよう乱暴にほうたいを肩へまきつけただけのようだ。

「どこまでの切符を買うの？」

ドゥバイヨルにちかづいた。彼の荷物は麻ぶくろひとつだけだった。

「さあな。いなかのほうだ」

彼は息をはきだした。こころなしか顔が青ざめている。

「病院に行ったほうがいいんじゃない？」

「そんな時間はねえ」

「ねえ、レオニダス駅に行ってみない？」

「しりあいでもいるのか？」

「おじいちゃんが住んでる」

切符を買って改札をぬけた。ホームにはすでに列車がまっていた。はしってそれにのりこむ。列車で町をでるのはひさしぶりだった。以前、父につれられて首都に行ったが、とおいむかしのはなしだった。

列車の座席にならんですわった。窓からホームが見えた。いまにも警官がはしりでてきて、ぼくたちをさがしてのりこんでくるんじゃないかとおもった。不安なきもちからのがれるために父のことをおもいだした。駅をいつもそうじしていた父は、列車にのっていた乗客にとって障害物みたいなものだっただろう。

車掌がふえをふいた。列車のとびらがしまる音。結局、警官はこない。ぼくはほっとした。列車は夜の暗闇の中にでていった。しだいに速くなり、町のあかりがながれていく。しばらくこの町とおわかれだ。

「親にわかれを言った？」

「親はいねえ」

「貴族の血をひいてるってうわさ、ほんとうなの？」

「気やすくはなしかけるな。べろを釘でどっかにうちつけるぞ」

おそろしくなってぼくはだまった。彼にはなしかけたのは不注意だった。人を殺してもなんともおもわない人種差別主義者。ぼくのことなど家畜のようにしかおもっていないのだ。列車にゆられながら、おしよせてくる不安と恐怖にたえた。鉄道はこの国を横断していた。祖父の住むレオニダス町は、国境からほどちかい場所にあった。そこに到着するまで二時間ほどドゥバイヨルのとなりに腰かけていなければならなかった。列車は順調にすすんだ。僕とドゥバイヨルは、車掌に切符を見せたあと、もうはなしをしなかった。

がたたん、がたたん。列車のゆれといっしょに、ごとり、となにかかたいもののおちる音がした。ドゥバイヨルの足もとに拳銃がころがっていた。ガナッシュ警視のものをホテルからもってきたらしい。ほかの乗客に見られたら大変だ。

「ドゥバイヨル、おちたよ……」

ぼくは小ごえでおそるおそるはなしかけた。しかし反応はなかった。彼はいつのまにか気絶していた。

3　父の故郷

　納屋《なや》の中はわらとどろのにおいがたちこめていた。町で生まれそだったぼくにはなじみがないにおいだ。むせそうになりながら、でもなぜかなつかしいきもちになる。体内にながれている血が、わらとどろのにおいをおぼえているのかもしれない。納屋のおくに木製の階段があった。二階が物置になっている。ほこりのかぶった荷物にまぎれてベッドがあった。ベッドの上にドゥバイヨルが身をおこしていた。

「いつのまにおきたの⁉」

　けさ見たときにはまだ気絶したままだった。彼は治療された自分の肩をながめていた。銃弾であいたあなは糸でぬいとめられていた。治療するときに彼の着ていたシャツははさみできった。そのせいでドゥバイヨルの上半身ははだかだった。彼はまわりをながめながらきいた。

「なんにちがすぎた？」

「二日だよ。列車の中できみは気絶した」

「ここは？　おまえのじじいの家か？」

「よくわかったね」

「わかるさ。おまえとおなじで、ここも豚くさい」

あのまま治療せずに死なせていたほうが社会にとってよかったかもしれないな、とすこし後悔した。

「はらがへった」

ドゥバイヨルは納屋の一階におりてそとへでた。そとは見わたすかぎりの平原である。納屋と母屋《おもや》と軽トラックのほかにはなにもない。しかし壮大な景色を無視して彼はさっさと母屋のとびらをあけた。なんのことわりもなく家の中に入り、ずんずんとろうかをあるいていく。

「ちょっと！　ここはあんたの家じゃないんだぞ！」

ぼくはあとをおいかけながら主張した。しかしドゥバイヨルは耳のあなを指でほじりながらリビングやトイレのとびらをあけてチェックした。彼が台所のまえをとおりすぎるとき、しわがれた声がかけられた。

「駅からはこんでくるのに苦労したんだぞ」

ドゥバイヨルはたちどまって、台所からでてきた老人をにらみつけた。

「あんたはなにものだ？」

「その子の祖父だ」

祖父はドゥバイヨルを見おろした。

「駅から電話して、きてもらったんだ」ぼくは説明した。祖父の家の電話番号は、母からおそわってノートに書きとめておいた。

「あんたがきずをふさいでくれたのか？」

ドゥバイヨルはぶっきらぼうな声で祖父にきいた。

「医者の友人がいるのさ」

祖父の背はドゥバイヨルよりもたかかった。はりがねのようにほそいからだで、腰はまだまがっていない。白いヒゲが顔の下半分をおおっていた。ドゥバイヨルはあらい場の二つあるながし台をじっと見たあと、祖父に質問した。

「銃はどこだ？　かえしてくれ」

「すてた」

「冗談はよしてくれ。そのヒゲをぶちぶちひっこぬくぞ」

うそみたいなはなしだが、ドゥバイヨルはほんとうに祖父につかみかかってヒゲをわしづかみにした。しかしそこで急にからだをふらつかせてろうかのかべによりかかった。たちくらみがしたらしい。

「まだ快復しきっとらんようだな。ねむっていろ」

「うるせえじじい……！　くそっ！」

ドゥバイヨルは歯ぎしりしながら台所のいすにすわった。

「くいものだ！　くいものをもってこい！」

祖父はみだれたヒゲをなでつけながら、肩をすくめてぼくを見た。

台所で祖父が、石のようにかたそうな手でパンをきりわけた。家の中はかざりけがなかった。祖母が亡くなり、ぼくの父がこの家をでていらい、祖父は十年以上もひとりでこの家に住んでいるのだ。駅で電話をするまで、祖父とはなしをしたのは父の葬式の日だけだった。この二日間も、ぼくたちは交流をまともにしていない。ドゥバイヨルがけがをして、ぼくたちが警察におわれている理由を簡単に説明しただけだった。ぼくたちを警察につきだすのではないかと心配したが、祖父はそうしなかった。ほとんどはなしをしたこともないぼくのことを、孫だというだけでしんじてくれたのだろうか。正直なところ祖父がなにをかんがえているのかよくわからなかった。

食事をするドゥバイヨルを台所にのこして、祖父は農作業をはじめた。ぼくは祖父のそばで作業を手伝うことにした。祖父が石臼《いしうす》をはこんできて、納屋の一階で小麦粉をつくりはじめた。石臼は直径四十センチメートルほどの石の円盤を、二枚かさねたようなものだった。上の石に木のぼうがついており、それをにぎって反時計回りにまわすのだ。上の石には小さなあながあいており、そこに小麦を入れる。上下の石ですりつぶされた小麦が、粉状になって石のすきまからでてくる。粉をひきおえたあと、祖父は軽トラックにのりこんで町にでかけた。しばらくして、ミルクや肉などの入った紙ぶくろを大量につんでもどってきた。母屋にはこぶ手伝いをしていると、ドゥバイヨルがおおごえをだしながら納屋の二階からおりてきた。

「おい、小僧！　地図をどこにやった！」

「ぼくはリンツだ！　なまえでよんでよ！」

「うっせえ！　こんど、口ごたえしたら舌にとうがらしぬりつけてライターであぶってやる！」

彼は軽トラックの助手席におかれている新聞をめざとくみつけた。どうやら祖父が町で買ったものらしい。ドゥバイヨルは新聞をよみあげた。

「ロイズの滞在していた町で殺人事件発生、犯人はふたりの少年、だとよ！」

ぼくははこんでいた紙ぶくろをおとした。かんづめが地面をころがった。

祖父の家で四日目の朝をむかえた。草地はしもにおおわれて白くなっていた。ぼくは納屋の二階に朝食のパンとスープをもっていった。ドゥバイヨルはゴディバの地図をにぎりしめたままねむっていた。地図の町をしらべるために徹夜したのだろう。祖父の家にあった地図帳がゆかにおちている。この国のさまざまな地域が印刷された地図帳である。ふたつの地図をくらべておなじような地形をさがしていたらしい。それはほしをかぞえるようにとほうもない作業のはずだった。怪盗の地図には、方角をしめすマークも、縮尺をしめすマークもないのだ。印の場所へ行くためには、地図にえがかれている場所が、どこにあるなんという町なのかをしらべなければいけない。それさえわかればすぐにでも印の場所に行ける。しかし、町のなまえが地図に書いてないばっかりに、ぼくたちはそれができずにいた。

「おまえのだいすきな名探偵様は、地図をとりかえすつもりらしい」ドゥバイヨルがそう言ったのは、祖父のもちかえった新聞をよんだ直後だった。「地図がぬすまれたってことを記者たちに言ってない。おそらく警察にもだまってるだろうよ。まだ宝をあきらめてねえから、おおやけにしたくないんだな。おい小僧、地図はどこだ！」

「なにするの？」

「きまってんだろ、あいつらがくるまえに、お宝をさがしだすのさ！」

それからずっと、彼は地図とにらめっこをつづけている。

ひるごろ、ぼくは祖父につれられて軽トラックで町にでかけた。町にひとつしかない郵便局で母への手紙をだした。

「母さんはどんなきもちでいるだろう」

「手紙をよめば安心するさ。ぜんぶ、書いておいたんだろう？」

「でも、しんじてくれるかな。母さんもぼくのことをわるい子だとおもってるかも……」

昼食をとるため町のレストランに入った。みんなが祖父にあいさつした。

「調子はどうかね」

「この子はだれだい？」

「しりあいの子さ。旅行にいくっていうのであずかってる」

「二階の窓がいかれちまったんだ。またおねがいできないかね」

「こんど、修理しにいくよ」

ぼくがたべおえても祖父にはなしかける人はあとをたたなかった。ぼくはひとりでレストランをでて散歩することにした。父の故郷をあるきまわってみたかったからだ。町のなまえは駅名とおなじ、レオニダスである。国境がちかくにあり、ほとんどの土地ははたけと牧場だった。鉄道駅のそばにいくつか店があるだけで、ほかはしぜんがそのままのこっていた。あるきまわっているうちにぼくは馬糞《ばふん》をふんだ。

「あなた、この町の子じゃないでしょう！」木造駅舎のまえで女の子にはなしかけられた。髪を三つあみにした十歳くらいの女の子だった。「あやしいやつ！」女の子はもっている虫眼鏡でぼくの顔をのぞきこんだ。「わたしの推理によれば、あなたは都会からきた子ね！」

「どうしてそんなことわかるんだ？」

「この町の子なら、くつに馬糞なんてつけない！」

「するどいな。きみはロイズにあこがれてるの？」

「わたしのヒーロー！」

「彼はそんなにいいやつじゃないよ」

「ロイズをばかにしないで！　ゆるさないんだから！」

女の子は石をひろってなげてきた。

「このやろっ！」

ぼくも石をなげかえした。

「こらっ！　やめなさい！」石のなげあいをしていると、どこかそわそわしたようすの祖父がわりこんできた。ぼくにちかづくと、声をひそめて祖父は言った。「そんなことをしている場合じゃない。おまえをさがしてたんだぞ。早くこの場をさらなければ……」

「あやまりなさいよ！」

女の子がたかい声をだした。

「ミュゼ、なにがあった？」

祖父が女の子にきいた。彼女はミュゼというなまえらしい。

「その子がロイズのことをばかにしたの！」

「きみをからかったのさ。本気で言ったわけじゃない。そうだろう？」

祖父がぼくのほうをむいた。ぼくはうつむいて「そうだよ」とへんじをした。

「母さんはきみのはなしをしんじるさ。ロイズの言うことよりも、むすこの書いた手紙のほうをね」

軽トラックで家にもどるとちゅう、祖父が言った。がたがたと軽トラックはゆれていた。

「きみの母さんは一度だけこの町にきたことがある。きみがおなかの中にいるときだ」

「父さんといっしょにきたんだね？」

「あいつはこなかった。わたしとけんかしていて、なかなおりがすんでいなかったからな。母さんがひとりきりで駅からあの家まであるいてきたんだ」

「おおきなおなかで？」

「その通り。あの子は日傘《ひがさ》をさしていたよ」

「どんなはなしをしたの？」

「結婚の報告だ。わたしのむすこと結婚すると、それだけを言うためにきたんだ。どうやら、おまえの父にはないしょできたらしい」

石ころをはねとばしながら軽トラックはすすんだ。窓からは草原と牛が見えた。雲ひとつない空がひろがっていた。母がここにきたときも空は青かったにちがいない。日傘をさしていたのだから、きっと目もくらむようなながやきで太陽はてりつけていたのだろう。ぼくをおなかに入れたまま母はこの道をあるいたのだ。ゆれる軽トラックの中でぼくは泣くのをこらえた。

「ところで……、さっきおまえをさがして町をあるいていたときのことだ。交番ではたらいている警察の友人とはなしをした。彼のつくえの上に、こんな紙がおいてあった」

祖父はポケットから紙をとりだした。まるめられてしわくちゃなのは、祖父がいそいでポケットに入れたせいだろうか。うけとってひろげると、ぼくとドゥバイヨルの写真が印刷されていた。どうやら学校のイベントで撮影された写真をひきのばしたもののようだった。

「指名手配写真だ。きみらは殺人事件の重要参考人なのだ。この国の警察がきみらをおいかけている……」

「くそったれ！　なんでレアじゃねえんだ！　レアにしろって言っただろう！」

夕飯の席でドゥバイヨルはさけんだ。もっていたフォークとナイフをゆかになげすてると、はんぶんにきりわけたステーキをつまんで祖父にむかってさしだした。ステーキは中まで完全に火がとおっており、なま焼けがすきらしいドゥバイヨルは気に入らなかったようだ。

「あやまるよ。いつものくせなんだ。わが家ではなま焼けの肉をたべてはいけないことになっている。われわれの宗教でそうきめられている」祖父はナイフとフォークをおいて説明した。

「移民め！　レアステーキも禁止かよ！」

「大切なことだ。われわれの民族がむかしからつづけていることなんだ。民族全体できまりごとにしたがって生きている。だからわれわれは世界にちっても自分が民族の一員であることをわすれない」

「つきあってられねえな。ひとりでくうぜ」

パンとスープの皿をもってたちあがると、ドゥバイヨルは台所をでていった。室内は天井からぶら下がる電灯で黄色くてらされていた。窓のそとはまっくらで、あかりにさそわれてきた虫たちがこつこつと窓ガラスをたたいていた。

「あいつはぼくたちみたいな移民を人間以下にしかおもってない」

「そういうものさ」

「ねえ、うちはレアのステーキもたべてたよ」

父が生きていたころは、まだステーキをたべる余裕もあったのだ。回数はすくなかったが。しかし、祖父が話すようなおしえを父母から学んだことはない。

「おまえの父は、われわれの家につたわる宗教をすてた。さっきのあの子みたいにね。神様をしんじるのはよわい人のすることだってね」

「でも、死ぬまぎわに聖書を買ってくれたよ？」

祖父はおどろいた顔をした。

「言ってなかったっけ、地図がかくされてた本のこと」

ドゥバイヨルとにげている理由をかいつまんで祖父にはなしていた。しかし地図を見つけたはなしはくわしくしていなかった。

「父さんが露店で胡椒と聖書を買ってくれたんだ。このさき、必要になるかもって。地図はその革表紙にかくされていた」

「その聖書はどんなものだった？」

「『旧約聖書』の『創世記』っていう本だよ」

祖父は目をとじた。こころのうちがわを見つめているような顔だった。

「あいつめ。死ぬまえにかんがえをあらためたか」

そのあと、祖父はきげんがよくなった。岩のようだった表情がすこしだけやわらかくなった。ぼくは祖父にさまざまな質問をされた。町では父母とどんなくらしをしていたのか。学校でどんなあそびをしていたのか。ぎゃくにぼくは祖父の生活についてきいた。町からはなれていて不自由はないのか。移民ということで差別をうけないのか。祖父のかたってくれたはなしのなかで、とくに祖母のことがおもしろかった。祖母はやさしい人だったという。彼女はつまり、父のお母さんだ。彼女は父によくこもりうたをうたっていたらしい。父は子どものころ、それがなければねつけなかったという。あの父にもそんなころがあったのだ。そうおもうとおかしかった。

「そのころはとなりの国に住んでいた。小さな町だよ。この町に移り住んだのは、きみの父親が、ちょうどいまのきみくらいのときだった」

「まえに住んでたところも、こんなふうにひろい場所だった？」

「ゆたかな谷だった。しかしその町はもうない。故郷は戦争で灰になった。そうなるまえに国境をこえてこの町ににげてきたんだ。とちゅうで戦場になった場所を横ぎった。黒い灰をすいこんでしまってきみのおばあちゃんはのどをやられた。おかげでこもりうたがうたえなくなってね。そのころ、きみの父親はいつも睡眠ぶそくだった。この家に住みはじめて五年目に彼女は死んだ」

暗闇からとんできた虫のひとつが窓ガラスにぶつかって音をたてた。

「おばあちゃんのこもりうた、どんな歌だったの？」

「故郷にむかしからつたわる歌だ。きくといつもなつかしいきもちになった。でも、もうどんな歌詞だったかわすれてしまった……」

祖父は残念そうなようすだった。食事をおえるとねむけがおそってきた。ドゥバイヨルのようすが気になったものの、ぼくは父の部屋にもどってベッドへ横たわった。かつて父がつかっていたという部屋でぼくはねおきしていた。三日まえ、はじめてこの部屋に入ったときのみょうな気分をわすれられなかった。

家具はほこりをかぶっていたが、父がつかっていたときのままのこされていた。父はわかいころからおかしなものをみちばたでひろってはあつめていたらしい。部屋には馬の足につける蹄鉄《ていてつ》や、なににつかうのかはわからない金属片、はりがねのかたまり、みやげものの人形などがならんでいた。つくえのひきだしにはだれかからの手紙が大量に入っていた。父はだれかと文通をしていたらしい。本だなには文学の本がならんでいる。都会にでるまえの父は読書家だったらしい。ベッドに横たわって天井を見上げた。父がこの部屋をでていったのは二十歳のとき。ぼくの生まれる数年まえまでこのベッドでねおきしていたのだ。かばんひとつで列車にのり、べつの町に移り住み、そこで母にであったのだ。

ぼくはかばんをさぐって聖書をとりだした。ベッドに横たわったままページをめくったが、小さな文字のつらなりをよむ気はしない。そのうちここちよいきもちになってきて聖書はまくらもとにおいた。

夢を見た。国境で灰になった故郷。その土地につたわるこもりうたを、ベッドに横たわる少年の耳もとで女性がうたっている。

ささやくようなうたごえだった。少年はやすらかな顔で息をはきだしてふかいねむりの中におちていく。

うたごえがけむりのたちこめる大地をわたり、まっさおな空へとのぼっていく。

翌朝、少女の悲鳴で目がさめた。


「たすけて！」

ぼくはベッドからおきあがると、ぼんやりする頭でまわりを見た。最初のうち気のせいだとおもい、もう一度、ねむりに入ろうとまくらに頭をつけた。

「だれかきて！　おねがい！」

声がたしかにそとからきこえた。ぼくはベッドからとびおきて部屋をでた。おなじようにおきてきたねまきすがたの祖父とろうかであった。

「いまの、きこえた？」

「そとからだ」

祖父はそう言うと玄関からとびだした。つづいて庭にでると、朝日がぼくの目をさした。納屋から木箱かなにかのたおれる音がした。ぼくと祖父は目を見あわせて納屋にむかった。戸をあけはなつと、ドゥバイヨルと少女が目に入った。

「ミユゼ！」

祖父が少女を見てさけんだ。きのう、町でぼくと石のなげあいをした少女だった。

ドゥバイヨルは彼女のからだを両腕ではがいじめにしていた。

「こいつが家のまわりをうろちょろかぎまわってやがった！」

ドゥバイヨルがいまいましげに言った。ミュゼという少女は彼の腕からのがれようと手足をじたばたさせていた。

「新聞でよんだのよ！　あんたたち、人を殺してにげた子たちでしょう！　指名手配の写真、見たんだからね！」

「ミュゼ、ちがう、誤解だ……」

祖父が困惑するようにいった。

「いいや。誤解じゃねえ。大正解さ」

ふりまわしていたミュゼのこぶしが、ドゥバイヨルの左肩にあたった。ドゥバイヨルは顔をしかめてミュゼのからだをはなした。

「まあ、運がわるかったな……」ドゥバイヨルは肩をおさえてつぶやいた。

ミュゼは勝ちほこるような顔になった。

「わるいことをした人は、かならずむくいをうけるのよ。すぐにロイズがおしおきにやってくるからね」

「おれはおまえに言ったんだぜ。運がわるかったのはおまえさ」

ドゥバイヨルはかべにかかっている農具の中から草かりがまをつかんだ。ミュゼをふりかえるとドゥバイヨルは「死ね」と言ってかまをふりおろした。ミュゼは悲鳴をあげなかった。突然のことだったから、なにがおこったのかわからなかったのだ。きょとんとした顔つきのまま、とびちった血を顔にあびた。

「じゃますんなよじじい」

ドゥバイヨルは祖父をにらんだ。ミュゼにむかってふりおろされた草かりがまの刃は、祖父の右腕でうけとめられていた。ドゥバイヨルが祖父の腕から草かりがまをひきぬいた。ミュゼの足もとにぼたぼたと血がおちた。祖父の右腕から大量の血がながれていた。祖父は彼をにらみかえした。ミュゼは悲鳴をあげて納屋の出口へはしりだした。

「小僧！　おいかけろ！」

ドゥバイヨルがさけんだ。ぼくはとっさにはしったが、納屋の出口でわれにかえってたちどまった。町につづく道をミュゼがとおざかっていった。

「どうした小僧！　はやく行け！」

祖父とにらみあったままドゥバイヨルがわめいた。ぼくは首を横にふった。

「あの子の口をふさげと？」

「おいかけて首をしめあげるのさ。簡単なことさ」

「ばかげてる」

「それでいい。ただしい選択だ」

祖父がぼくを見てうなずいた。けがした腕をおさえていた。

「ふぬけども。おまえら、ゼリーでできてんのかよ」

ドゥバイヨルは草かりがまをほうりすてた。

「すぐに通報されるだろうからな。おれはでていく。地図ももってくぜ」

彼は納屋の階段をかけあがってしたくをはじめた。あらあらしくうごきまわる彼のしんどうで天井から土ぼこりがおちてきた。祖父のきずはふかかった。おそらく骨にたっしている。ドゥバイヨルは本気で草かりがまをふるったのだ。祖父がふせがなければ少女はまちがいなく死んでいた。

「だいじょうぶ？　電話で医者をよぶよ」

「おまえはどうする？　あの子といっしょに行くのか？」

「あいつは最低なやつだ。でも、いっしょに行こうとおもう」

祖父は顔のしわをふかめた。きびしい表情だった。

「わたしはおまえたちを警察につきだすべきだったかな。しかしわたしは、おまえをたすけようときめたのだ。たとえぜんぶがうそだったとしても」

「ぼくが父さんのむすこだから？」

祖父は質問にこたえず、ぼくをじっと見つめて言った。

「おまえはミュゼをおいかけなかった。そのことをほこりにおもっていいぞ」

母屋にもどり、祖父は友人の医者に電話をかけた。数日まえ、ドゥバイヨルの肩を治療してくれた人だった。その医者は町で診療所をひらいており、祖父とは酒のみなかまという関係らしい。祖父が電話しているあいだ、ぼくはひもをさがしてきて、血をとめるために祖父の腕をぐるぐるとしばった。

「安心しろ。十分ほどでかけつけてくれるとさ」

受話器をおろして祖父が言った。とびらをあけてドゥバイヨルが入ってきた。

「車をもらってくぜ。キーはどこにある？」

ドゥバイヨルは祖父にむだんでたなをあけると、パンやかんづめをとりだして、もっていた麻ぶくろにつめこんだ。

「運転できるの？」ぼくはきいた。

「自転車とかわらねえ」とドゥバイヨル。

テーブルの上のキーをみつけると、彼はそれをつかんだ。しぶい顔をしている祖父をふりかえると、しんじられないことを口にした。

「けがはいたむかい。いたむだろう。おれはあのクソガキの首をきりおとすつもりだったからな。それを腕でうけとめるなんて。まったく、あんたはすごいじじいだぜ」

ドゥバイヨルは言いおえると部屋をでていった。ぼくと祖父はあっけにとられて彼のあけはなしたドアを見つめた。

「あいつがだれかをほめるなんて！」

「わからんやつだ」

祖父は首を横にふった。ぼくたちがいつまでもぽかんとしていると、ドゥバイヨルのさけびごえがきこえてきた。

「のろまのグズめ！　したくはおえたのか⁉　おいていくぞ！」

ぼくは父の部屋にもどってかばんをつかむとすぐに母屋をでた。あわただしくて、かばんのなかみを確認するひまもなかった。

ドゥバイヨルの運転する車で、ぼくたちは祖父の家を出発した。いつのまにか空をうすぐらい雲がおおっていた。しかし、結局、その日のうちにぼくたちは祖父の家にもどってこなければならなかった。

4　探偵との再会

　ぼくたちは国境ぞいに北上し、レオニダス町をでてべつの地方に入った。いつのまにか雨がふりはじめ、目のまえをワイパーがなんどもよぎった。わすれものに気づいたのは、祖父の家をでて四時間後だった。

　昼食をとるため、ドゥバイヨルは道のはじに車をとめた。エンジンをきると、屋根ではじける雨つぶの音が車内にひびいた。さすがの彼も運転しつづけていたせいでつかれていたのだろう。背のびして目もとをもみしだいた。ぼくと一歳しかちがわないくせに彼は車を運転することができた。年上の不良たちからおそわったにちがいないと想像した。

　ドゥバイヨルは麻ぶくろからながいパンをとりだして口におしこんだ。パンがほしくてじっと見つめたが、彼はわけるなどという発想をしないようだった。それどころか、ぼくをちらりと見ると、あわれむような目をして言った。

「おまえはじいさんにくらべて臆病なチビだ。おれの命令でガキをおいかけようとしただろう。あきれたやつ。状況にながされるタイプだ」

たべながらしゃべるものだから、彼の口からぼろぼろとパンがこぼれた。

「ききあきたよ！　でも、きみがおじいちゃんをみとめるなんて意外だ」

「おれは年よりを尊敬している。うやまうのは当然だ」

ぼくは耳をうたがった。あれだけ祖父の家であばれたくせに、だれがなにをうやまったって？　だいたいあんたは、ロイズが変装していた老人をけってたじゃないか！

しかし冗談を言っているようすは彼になかった。

「おれの祖父《じい》さんは兵隊だった。勲章をもらった英雄さ。負傷したなかまを背おって銃弾のとびかう平原をかけぬけたんだ。敵もおおぜい、撃ち殺した」

ドゥバイヨルはたべかけのながいパンをライフル銃のようにかまえて、ダン！　ダン！　ダン！　と発砲する音を口まねした。

「おれにはその血がながれている。おまえみたいなポンコツ移民の血じゃねえ。純粋でうつくしい血族だ」

「きみは自分の血すじがすきなんだ」

「当然だろ。おまえよりなん倍もすぐれた血統だ。小僧、はむかったらしょうちしないぞ」

彼は麻ぶくろから地図をとりだしてながめはじめた。彼の髪の毛はのびほうだいで、服はすりきれてあながあいている。しかし、まっすぐな鼻すじと目のかたちに、ふつうの人にはない高貴なふんいきがあった。髪の毛はうすい金色だ。どろにまみれた白馬のようだ。身なりをととのえれば一国の王子にさえ見えるだろう。

「地図に【GODIVA】のサインがねえ。カードにはあったのか？」

地図を見ながらドゥバイヨルはきいた。

「うん。本物を一度だけ見せてもらった。たしかにあったよ、サイン。でも地図にはない」

「かわりに風車小屋の絵がある。そして聖書の一文だ。【神は言われた。「光あれ」こうして光があった】」

ドゥバイヨルがかんがえごとに集中しはじめたので、ぼくは声をかけないことにした。

「おい。聖書をだせ」

ドゥバイヨルが言った。

「聖書？」

「おまえの親父が買った聖書だ。もってきてただろう」

ぼくはかばんの中をさぐった。

「きのう、おじいちゃんがおどろいてた。父さんが聖書を買ったってきいて。ぼくの父さんは無宗教だったんだ。……あれ？」

いくらかばんの中をしらべても聖書が見あたらなかった。きのう、ねるまえにかばんからとりだしたことをおもいだした。まくらもとにおきっぱなしだ。

「家においてきたかも……」

ドゥバイヨルがぼくの首をしめあげた。

「あれには神様の言葉が書いてあるんだぞ。肌身はなさずもってろよ。ぶっ殺すぞこのやろう。おい、じじいの家にもどるぞ。聖書がないとだめだ。たぶん、この地図はあれと二つでひとつだ。でなければ聖書の言葉なんか書くか？」


「……というわけでもどってきちゃった」

ぼくが説明をおえると、祖父はあついお茶を入れながらあきれたような顔をした。

ぼくのいないあいだに医者がやってきて治療してくれたらしく、右腕にほうたいがまかれていた。

「わかってるのか。この町にいるのははきけんだぞ。ミュゼが警察にはなしてしまったかもしれん」

タオルでぬれた髪の毛をふいた。さきほど大雨のなかを軽トラックから玄関まではしってくるあいだに、すっかりぬれてしまった。

「あいつにはさからえないよ。もどるのはいやだって言ったら、きっと車からなげすてられてたはずさ。ゴミでもほうりなげるみたいにね」

父の部屋に行ってみると、ドゥバイヨルがベッドに腰かけていた。彼は祖父の家にもどってくるなり父の部屋に行き、無言で聖書をにらみはじめた。ぼくと祖父ははなしかけずに部屋をでて台所でまつことにした。

とおくで雷がなった。ぼくと祖父はその音に耳をすませた。

「母さんと三人で、このテーブルをかこみたいね」

あついお茶をのみながら祖父に言った。

「きっとそうなるさ。ちかい将来ね」

「車の中でおもいだしてた。父さんやおばあさんのはなし……」

両手につつんだカップから湯気がたちのぼり、ほおや鼻さきにあたってあたたかかった。もくもくとした湯気の白色がぼくの目のまえにひろがった。戦争からのがれて、祖父母はこの土地にやってきたという。そのころそうした人がおおぜいいた。だからぼくたちの人種は移民とよばれてこの国の人々にけむたがられている。だからと言って故郷にもどることもできない。祖父母の故郷はもう灰になって消えてしまった。ほかの国の人たちがそこに町をつくってしまい、もう他人の土地になってしまった。だからぼくたちはこの地上をさまようしかないのだ。

息をはきだすと、湯気がかき消えた。祖父がいすに腰かけてぼくを見つめていた。やさしい目をしていた。数日まえ、この家にきたときはわからなかったが、祖父の目もとは父にそっくりだった。

「ぼくと父さんはにてる？」

「あいつの子どものころにそっくりだ」

「じゃあ、ぼくとおじいさんもにてるってことだ」

「そりゃそうさ」

ドンドンドン、ととびらのたたかれる音がした。雨音が急につよくなった気がした。ぼくと祖父は玄関のほうをふりかえった。こんな雨の中をわざわざ家までたずねてくる人はめずらしかった。きっとふつうの客ではない。

「ここでまっていなさい」

祖父はたちあがって玄関にむかった。ぼくは台所の電気を消してろうかに顔を出した。ろうかは暗闇が濃かった。相手からは顔が見えないはずだ。

「どちらさまかな？」

祖父がとびらをあけた。玄関のそとに人がたっていた。

「夜分にもうしわけない。警察のものだ。ききたいことがある」電灯にてらされて、来訪者のすがたが見えた。顔にちょびヒゲがあり、からだつきはボールのようにまるかった。予想していたことだったが、ぼくは息をのんだ。来訪者はブラウニーだ。

「通報があった。こちらで少年二名をかくまっているというはなしをきいたが？」

「少年？　あの子たちのことかな？　けさまで納屋をかしていたんだ。どうやら貧乏旅行をしているらしくてね。でも彼らはでていったよ。さあ、もうかえってくれ。推理小説をよんでいるところだ。こんなさむい場所にたっていると、けがした右腕がいたむじゃないか」

祖父が玄関のとびらをしめようとした。ブラウニーがあわてたようすでとびらのすきまにおなかをねじこんだ。

「ききたいことがほかにも……」

ブラウニーが言いかけたとき、一瞬、空がかがやいた。雷がちかくにおちたらしい。玄関のすきまから光がさしこんだ。ぼくはまぶしくて目をほそめた。空のはりさけるような音がひびいた。

「あ！」

ブラウニーがぼくを指さしてさけんだ。雷光が暗闇をおいはらい、ぼくのすがたが見えてしまったらしい。

すぐに反応したのは祖父だった。けがしていないほうの手でブラウニーのえりもとをつかみ家にひきこんだ。彼をろうかにころがしてとびらをしめた。ブラウニーは必死におきあがると、とびらのまえで腕ぐみしている祖父を見て、なさけない声をあげた。

「ひぃー！　ぶたないでください！」

「おまえはなにものだ⁉　この町の警官じゃないことはわかってる！」

「この人、ロイズの秘書だよ。ぼくをだましてたやつらのひとりさ」

ぼくはブラウニーのうしろにたって説明した。

「おねがいです！　ぶたないでください！　乱暴ものはきらいです！」

ブラウニーが涙をながしはじめた。

「ぶつものか。安心したまえ」

祖父があきれたような顔をする。

「ほんとうですか？　ゆるしてくださいますか？」とブラウニー。

「まだゆるせないよ。どうしてあんなわるだくみに手をかしたの！」

ぼくが怒ると、ブラウニーはまるくてふとい指で顔をおおった。

「むり言わないでくださいよ。ロイズさんのおっしゃることは絶対なんですから！反抗したらなにをされるか……！」

「そいつをゆるしてやってくれ」

玄関とびらのむこうがわから声がきこえた。そとにだれかがたっているらしい。ぼくと祖父は身がまえた。

「彼はなにもしらない。頭もよわいし度胸もない。言われただけのことしかできないんだよ。それよりも中に入れてくれ。ここにたっているだけでずぶぬれだ。ごいっしょしている婦人がかぜをひいてしまう」

こころにひびくふかい声にはききおぼえがあった。祖父が慎重にとびらをあけると、二度と見たくないとおもっていた人物がたっていた。

「ロイズ……！」

雷がおちて、あたりがまばゆい光でおおわれた。

「ひさしぶりだね、リンツくん」

ロイズは広場でも着ていたスーツに身をつつんでいた。

「きみがあいたがっているとおもって、この人もつれてきたよ」

とびらのかげにもうひとりだれかがいた。ロイズはまるでパーティー会場をあるくように、その人物の手をとって家に入ってきた。

「にげようとしたんだけど……」

母が困惑しきった顔で言った。

「さっきこの子にはなしたところなんだ。三人でテーブルをかこめる日がすぐにやってくると。こんなかたちで実現するとはな……」祖父が言った。

「ひさしぶりにおあいしたのに……」母がためいきまじりにつぶやいた。

ぼくたち三人は台所のテーブルをかこんですわらされていた。さいわいにからだの自由はうばわれていなかったが、勝手にたちあがってうごきまわったりすればいのちの保証はないぞ、といじわるな名探偵に言われていた。

父の部屋から、だれかがあばれてもののこわれる音がひびいてきた。

「あなたが無実だってこと、しんじてた」

母はポケットから手紙をとりだしてぼくに見せた。

「よかった、とどいてたんだね」

「心配したじゃない。どこにいるか書いてないんだもの」

「おじいちゃんの家にいるなんて書けないよ」

母がロイズたちに誘拐《ゆうかい》されたのは、警察署でぼくのことを質問されている最中だったらしい。ロイズとブラウニーがやってきて、国家権力をつかい母をつれだしたのだという。

家のおくからロイズとブラウニーがもどってきた。ドゥバイヨルがふてくされたようすでふたりのまえをあるいている。ロイズが彼の背中に拳銃をつきつけていた。ドゥバイヨルがいすにすわると、ブラウニーがほっとした表情でおなかをなでおろした。ドゥバイヨルにさんざんやられたらしく、彼の顔に青あざができていた。

「これで全員だな」ロイズはひと仕事おえたというかんじで言った。彼の手に聖書と地図がにぎられていた。「世話をやかせやがって。そもそもどうやってわれわれのかんがえを見ぬいたんだ？」

「そこにいるチビスケに、おれが助言してやったのさ。どっかのまぬけな探偵が地図をぬすもうとしてるらしいってな。あんたの計画はあなだらけだぜ」

「そうか。きみだったか」

ロイズはドゥバイヨルのうしろにたつと、彼の頭を拳銃でなぐりつけた。ドゥバイヨルはテーブルにつっぷしてうごかなくなった。耳のうらがわから血がどろどろとながれはじめた。母が悲鳴をあげ、ブラウニーがわらいだした。

「ブラウニー、だまれ」

ロイズが命令するとブラウニーは恐怖に顔をこわばらせてだまった。ロイズは拳銃をぶらさげて、くつ音をひびかせながら部屋をあるきまわった。雷はおさまっていたが、雨はあいかわらずつよかった。子どもを平気でなぐりつけるロイズがこわかった。彼のくつ音がちかづいてきてうしろを通るたびにきんちょうした。

「やれやれ、まったく……。ガナッシュ警視が殺されたことをうらんではいないよ。わたしとブラウニーのわけまえがふえたから。地図をもちさった点も、はじめのうちはかまわないとおもっていたんだがね。写真をとっておいたし」

部屋を何周かしたあと、ロイズはたちどまり、聖書をかかげた。

「もっとはやくに気づくべきだった。町のなまえを書いておかないはずがないんだ。地図の写真をながめていて、もしかしたらとおもったよ。こうすれば町のなまえがわかるはずだ」

ロイズは聖書をひらいた。ぼくたちには見せないよう注意をはらって、最初のほうのページに地図をかさねた。地図と聖書はちょうどおなじおおきさだった。ドゥバイヨルの言ったことはただしかったのだ。地図と聖書はふたつでひとつ。それにロイズも気づいて、聖書をとりもどしにやってきたのだ。

「どのページにかさねるべきかは地図のうらがわに書いてある。【神は言われた。「光あれ」こうして光があった】。つまり『旧約聖書』の冒頭だ。そこに地図をかさねるべきなのだ。地図のところどころに小さなあながあいている。はじめは虫くいのあなかとおもっていた。しかしこれは、おそらくわざとだ。地図をかさねると、印刷された文字がひとつずつ小さなあなのむこうがわに見える。その文字をつなぎあわせた言葉こそ、地図にえがかれている町のなまえなのだよ」ロイズはポケットから手帳をとりだしてなにかをはしり書きした。「町のなまえがわかった。これでさきにすすむことができる」

「なんという町なんです!?」とブラウニー。

ロイズはしかし、ひとさし指を口のまえにたてていじわるそうな顔をした。

「この場では口にしないさ。彼らがきいている。おい、そこにいる貧乏人ども、きみたちはしばらくここにいてもらう。わたしたちが財宝を見つけて、安全に海外へにげきるまで、この家からうごかないでほしい」

「どうしてこんなひどいことするの？」

ぼくは勇気をだしてきいた。ロイズは手帳をながめながら返事をした。

「言ったはずだぞ。わたしはきみがおもっているほどいい人間じゃないって。でも、あみものがすきってのはほんとうだ。安心したまえよ」

「あんたがやっていることは犯罪だぞ」祖父が言った。

「一度、ぬすまれたものさ。わたしがもらったっていいだろう。わたしはながいこと国家のためにはたらいた。そのむくいがあってもいいはずだ」

「いままであんたはいいやつだとおもっていた。新聞にそう書かれていたから。でも、そうじゃなかった。この数日間、孫のはなしをきいてわたしなりにかんがえたことがある」祖父のほうを見てロイズは手帳をポケットにしまった。祖父は言葉をつづけた。「過去の新聞をよみかえして気づいた。怪盗がぬすみに入ったのは戦争で金もうけをした家ばかりだ。武器商人の家からぬすんだと、なぜ新聞には書かない。記者は政府に口どめされているんだな。その政府をうごかしているのも、きっと戦争で大金をえたやつらさ。本来ならまずしいものたちにとっての英雄は怪盗ゴディバであるはずじゃないかね。だれかがそうなることをおそれたんじゃないのか」

「ブラウニー、このじいさんのいす、こわれかかっているぞ」

ロイズは祖父のうしろにたった。

「え？　どこがです？」

ブラウニーは祖父のいすを見てききかえした。

「ほら、よく見たまえ。いすの脚がいまにもおれそうだ」

ロイズは拳銃をかまえた。母が息をのんだ。祖父ははなしつづけた。

「わたしのかんがえだが、きみは国家によってつくられたんじゃないか？　怪盗ゴディバが英雄にならないようつくられたシステムだ。ロイズさん、ほんとうはあんた、怪盗がつかまってほしくないんじゃないかね。怪盗ゴディバが逮捕されたら、あんたが探偵として存在している必要はあるのかい。国家のうしろだてはもうなくなるだろうよ。あんたを英雄にまつりあげてくれる記者たちは、はたしてこれまでどおりあんたの味方をしてくれるかな。怪盗がつかまったら、あんたもまた消えさる運命なんじゃないのかね。だからあんたは、どうしてもその地図をかくす必要があったんじゃないのか。いつまでも怪盗がつかまらないように。財宝が見つからないように。自分が探偵でいつづけるために、あんたは孫の地図をぬすもうとしたんじゃないのかね」

雨の音にまじって火薬のはじける音がした。一瞬、ロイズは祖父のひざを撃ったように見えた。

「おとうさん！」

母が声をあげた。いすごと祖父がゆかにたおれた。ぼくと母はたちあがって祖父のそばにかけつけた。

「おちついてメリーさん。弾丸は正確にいすの脚だけを撃ちぬいた」

どうやら祖父は、いすの脚がおれてバランスをくずしただけらしい。うめきながらすぐにたちあがることができた。

「あなたはひどい人よ！」母が怒った顔でロイズにつめよった。ロイズはまだ拳銃をにぎりしめていたが、それでも母はおかまいなしだった。「あなたは最低のろくでなし！　みんなをだましてる詐欺師じゃないの！」

ロイズは母の心臓に銃口をおしあてたが、母は無視して一歩ずつロイズにちかづいた。やがてロイズは、母のけんまくにおされてさがりはじめた。

「その人がうそばかり言うのがいけないんだ」ロイズはつかれたようなためいきをもらして、ついに拳銃をしまった。母にかべぎわまでおいつめられた状態だった。「出発するぞ」とロイズはブラウニーに命令した。そして、目のまえでまだ怒っている母の手首をつかむと、おもむろにひきよせてくちびるをかさねた。ぼくたちは全員、母もふくめてあぜんとした。

「おいかけてこよう、などとおもうな。人質のいのちの保証はしないからな。ほんとうにわたしは容赦しないぞ」

ひらてうちされて鼻血をたらしながら、ロイズは母をつれて家をでていった。

雨がおさまったころ、父の部屋からけもののうなるような声がきこえてきた。治療してベッドにねかせていたドゥバイヨルが目をさましていた。

「まだねてたほうがいい」ぼくははなしかけた。

ドゥバイヨルは顔をしかめながら、室内をのぞきこんでいるぼくと祖父を見た。

「なんだよ、小僧とじじいしかいねえのか」

半身をおこして彼は頭をさわった。彼の頭には、祖父がしっぽをはってほうたいをまいていた。

「あいつらなら一時間もまえに母さんをつれて出発したよ。地図の場所にむかったんだ」

彼が気絶しているあいだにおこったできごとをぼくは説明した。ロイズはぶじに母をもどしてくれるのだろうか。心配だったが、おいかけてたすける手段がなかった。地図と聖書はうばわれてしまい、彼らがどこにむかったのかをしる手がかりはない。ぼくたちはこの家でまつことしかできない。

「わたしらが通報したら、この子の母親を殺すとさ。こんなはなしどうせだれもしんじちゃくれないだろうに」祖父がみけんにしわをよせた。

ドゥバイヨルはたちあがると、からだをふらつかせながら部屋をでていった。彼は母屋をでて、そとにとめていた軽トラックにちかづいた。東の空があかるくなるまえだった。雨雲はいつのまにか消えており、月とほしが夜空にうかんでいた。タイヤに顔をちかづけていたドゥバイヨルが、さけびごえをあげた。

「パンクさせられてる！　おい！　じじい！　スペアはねえのか⁉」

「納屋にある」

「はやくつけかえやがれ！」

「片腕じゃむりだ」

「くそじじい！　なんでこんなときにけがしてやがる！」

「おまえがやったんだろ！」

「おれが手伝ってやる！　タイヤをつけかえろ！」

ロイズたちは、ぼくたちがおってこないように、ナイフかなにかでタイヤをつきさしたらしい。ぼくとドゥバイヨルは、祖父の指示をうけながらタイヤ交換をはじめた。ジャッキで軽トラックの車体をもちあげて、パンクしたタイヤをとりはずし、新品のスペアタイヤをはめこんだ。軽トラックの車体はとびはねたどろでよごれていた。雨の中をはしったので、どろみずをはねあげてしまったのだろう。ライトのあかりの下で、ぼくたちは作業をおこなった。

「でも、タイヤ交換して、どこにむかうの？」

スパナでナットをしめつけながら、ぼくはドゥバイヨルにきいた。

「あいつらをおいかけるんだ」

ドゥバイヨルは、四つ目のタイヤのとりはずし作業にかかった。

「でも、どこにむかったのかわからない！」

「じいさん、ヴィタメールって町にききおぼえは？」

ドゥバイヨルは祖父にきいた。祖父は片腕でジャッキのそうさをしていた。

「東にはんにちほど車で行ったところだ。ビールのうまい店がある」

「はんにちかよ。意外とちかいじゃねえか」

「その町がどうかしたの？」

「地図を聖書にかさねたら、虫くいのあなから文字が見えた。ひとつずつ順番につなげたら【ＷＩＴＴＡＭＥＲ《ヴィタメール》】さ」

ぼくと祖父は顔を見あわせた。ロイズたちがやってくるまえに、もう彼は地図と聖書のくみあわせかたに気づいていたらしい。

「しらないふりしてたの？」

「してねえよ！　いきなりなぐりやがったんだ！　あのやろう、耳がけずれたかとおもったじゃねえか。おれはあいつらをおいかけて地獄におとしてくる。じじいはついてくるな。けが人は足手まといだ。小僧はどうする？」

「母さんをたすけないと！」

タイヤ交換がおわると、再出発の準備をしてドゥバイヨルは軽トラックにのりこんだ。ぼくは玄関さきで祖父にみじかいわかれを言った。

「母さんをたすけてくる」

「おまえたちのような子どもが、行く必要あるのかね？」

「しょうがないよ。ほかにだれもしんじてくれないんだから。そうだ、トイレに行ってこないと……」

「はやく行っておいで」

「ドゥバイヨルをひきとめておいてくれる？」

「わかった」

祖父が軽トラックにちかづいた。ぼくはそれを確認して、トイレにむかった。水洗トイレのタンクをあけると、ビニールぶくろにつつまれたものがしずんでいた。手にとるとずっしりとしたおもさをかんじた。ふくろの中には布でつつまれた黒い自動式拳銃が入っていた。ドゥバイヨルがガナッシュ警視からうばったものだった。この家に到着した夜、祖父がトイレのタンクにかくしているところをぼくはこっそり見ていたのだ。

軽トラックにのりこんだとき、予想どおり運転席でドゥバイヨルがいらだっていた。グズ！　のろま！　ドゥバイヨルはさけびながら軽トラックを発進させた。心配そうな祖父がうしろに小さくなっていった。ぼくはかばんをしっかりとだいた。なかに入っているつめたいおもみがひざにのしかかっていた。

4章

1　地図の町

ドゥバイヨルはねむらずに運転した。いつのまにか彼の目の下にくまができていた。つかれをためこんでいることが一目でわかった。

「車、とめない？　すこしやすんだら？」

「うっせぇ、チビ！」

ときには「うっせぇ、この水虫小僧！」や「この外反母趾《がいはんぼし》め！」などとののしられた。車がふらふらして対向車線にとびだしたとしても、ぼくは助手席でなにも言わずにだまっていることにした。

ヴィタメールという町に到着したのは昼前だった。「ようこそヴィタメールへ」と書かれたいまにもたおれそうなかんばんが峠をのぼりきったところにたっていた。道路ぞいにレストランを見つけると、ドゥバイヨルは車を駐車場にとめた。レストランは運転手や旅行者をめあてにしたつくりで、駐車場がひろくとられていた。数時間ぶりに車のエンジンがきられてそとにでると、森から鳥のさえずりがきこえてきた。ドゥバイヨルはひとしきり背のびをしてたばこに火をつけた。祖父のたばことマッチが運転席におかれているのを見つけて自分のものにしてしまったのだ。自分と一歳しかちがわない少年がたばこをすっているようすにぼくは衝撃をうけた。

店内はほどよくさびれており、客はひとりもいなかった。窓ぎわの席にドゥバイヨルとむかいあってすわると、ウェイトレスがやってきて注文をきいた。そのウェイトレスは、ぼくがはじめて目にするようなきれいな女の人で、髪が金色だった。「あんた、エリカってなまえなのか?」ドゥバイヨルがウェイトレスのなふだを見てきいた。

「そうよ」

「妹のなまえといっしょだ」

ウェイトレスはドゥバイヨルを見て、口もとをほころばせた。

「妹さんも、あなたとおなじようにきれいな顔してるの?」

「さあね、ずいぶんあってねえから、わからねえな」ドゥバイヨルは肩をすくめた。彼に妹がいた、というはなしはもちろんはつ耳だった。

ウェイトレスが下がって料理をまつあいだ、ドゥバイヨルはテーブルにつっぷして気絶したようにねむりこんだ。かべに町の地図がはってあった。ぼくはテーブルをはなれてそれをながめた。この町の地形は、たしかに怪盗ゴディバの地図とほぼおなじだった。山あいの町を横ぎるように道路があり、谷に建物があつまっている。怪盗の地図にえがかれていた場所は、このヴィタメール町でまちがいない。レストランの地図で確認して、宝の地図は上が北だったのだとわかった。町の北がわに川がある。そこを上流へいった場所に、問題の印があったはずだ。しかしぼくの目的は宝さがしではない。母をたすけることだ。

「はやく町にいこう。ロイズたちがいるはずだよ」スープとソーセージをたべたあと、皿についたソースを舌でなめているドゥバイヨルにぼくは言った。

「じゃあここまでだな。町にはおまえだけで行け。おれは町に行かねえ」

「どうして？」

「宝をさきにうばうのさ。印の場所はおぼえている。ボンクラどもめ、きっと町でやすんでいるにちがいねえ。きのうの今日だもんな。だしぬくチャンスだ」

「母さんはどうなるの？」

「おれのしったことじゃねえ」

「たまには人だすけしたらどうなんだ！」

ドゥバイヨルはテーブルごしにぼくの胸ぐらをつかんでひきよせた。食器が騒々しく音をたてた。

「おれは殺人者だぜ！　この手で人を殺した！　手に感触がのこってる！　あのクソッタレにナイフをぶっさしたときの手ごたえが！　このおれが人だすけ？　おまえの脳みそはヨーグルトか！」

ドゥバイヨルがさけんだあと、店内はしずかになった。ウェイトレスのエリカがけげんそうな顔でこちらを見ていた。

「あなたたち、なんのはなししてるの……？」エリカが首をかしげてきいた。

「ほんの冗談さ。誤解しないでくれよ」

ドゥバイヨルはぼくの胸ぐらをはなすと、苦笑しながら彼女にちかづいた。

「でも、あなたさっき、人を殺したって……」

「さっきのは芝居のせりふなんだ。ちょっと練習してただけなんだよ」

彼女は、ちらりと店の電話をふりかえった。ドゥバイヨルが彼女のまえにたった。

ぼくは、テーブルの上からナイフが一本、消えていることに気づいた。

「にげて!」

ぼくがさけんだとき、ナイフをにぎりしめたドゥバイヨルが、エリカにおそいかかった。厨房《ちゅうぼう》からコックがあらわれた。ドゥバイヨルはコックの腹にけりを入れた。店内にほかの客がなく、被害者がエリカとコックのふたりだけにとどまったのはさいわいだった。

「いのちまではとらねえ。ただし電話はつかえねえぞ」

ウェイトレスとコックの両手両足を電気コードでしばったあと、ドゥバイヨルは電話線をひきぬいた。エリカたちはレジのまえのゆかにころがされた状態でうなずいた。さるぐつわされているので彼らは声をだせなかった。

「勘定もちゃらにしてくれ。おれたち貧乏だからよ、節約したいんだ」

ぼくは口をはさめずにそばで見ていた。ドゥバイヨルの行動はひどいものだったが、血がながれずにすんでほっとしていた。食事用のナイフも、ちらつかせておびえさせる以外にはつかおうとしなかった。彼がふたりをきずつけなかったのは、ウェイトレスのなまえと関係があるような気がした。

「じゃあな、わるくおもうなよ。そこのコック、ソーセージうまかったぜ」

ドゥバイヨルはしばられているふたりに言いのこして出口へむかった。コックはくやしそうな顔で彼を見おくっていた。店をでるとき、ドゥバイヨルはたちどまり、ウエイトレスをふりかえった。

「エリカ、妹は死んだよ。あんたとおなじ髪の色だった」

ドゥバイヨルは店をでると、もうふりかえらずに軽トラックへむかった。エリカはゆかの上で頭をもちあげたまま、ドゥバイヨルの背中を見つめていた。

ぼくとドゥバイヨルは駐車場の軽トラックに早足でもどった。運転席にのりこんだドゥバイヨルは、助手席においていたぼくのかばんを窓からほうりすてた。

「なにする！」

「言っただろ、ここでおわかれだ。あ、そうそう。宝を手に入れたら、つぎはあの詐欺師どもだ。血まつりにしてやる。あいつらにそうつたえておけ」

ぼくがかばんをひろっているうちに、彼はエンジンをかけて急発進した。

「この人でなし！　だれがヨーグルトだ！」

駐車場にのこされたぼくは、とおざかっていく車にむかってさけんだ。

峠のまがりくねった道を二時間ほどあるくと、ヴィタメール町の中心部にでることができた。中心といっても、巨大な建物がたちならんでいるわけではなく、道路ぞいに雑貨店やレストランやみやげもの屋がまばらにあるだけだった。人どおりはすくないがさびれているわけではない。ヴィタメール町は車で山をこえるときにかならずたちよる町だった。どの店もそれなりに客が入るらしい。長旅をする人がたちよって休息をとる、そんな場所なのだろう。

ぼくは雑貨店に入ると、なけなしのお金で板チョコレートを買った。つつみ紙に猫の絵がえがかれているいつものチョコレートだ。

「この町に宿屋は何軒あります？」年老いた店の主人に、ぼくはきいた。

「宿屋なら三軒ある。旅行をたのしむんだよ、ぼうや」

チョコレートをまえ歯ですこしずつかじりながら、町にある宿屋をしらべてあるいた。日がおちてあたりがくらくなったころ三軒目の宿屋にたどりついた。道路ぞいに「ジャンポール・モーテル」というかんばんがたっており、その蛍光灯がきれかけてジジジと音をだしていた。町はずれにある木造の平屋だてだった。駐車場に数台の車がならんでおり、そのうちの一台を見て、ロイズたちの車にちがいないとおもった。ぼくたちののってきた軽トラックとおなじように、はねあげたどろが車体にこびりついていたからだ。ほかの宿屋の駐車場にはこんな状態の車はなかった。ロイズたちはこの宿屋にとまっているにちがいない。

入り口ちかくに「うけつけ」と書かれた案内とあかりのもれるとびらがあった。足音をたてないようそのまえをとおりすぎて敷地に入った。あるきながらかばんの中にかじりかけのチョコレートをしまった。そのかわりにべつのものをとりだした。拳銃はおもたくてつめたかった。どちらも黒いくせに、チョコレートとちがってつかいかたはわからない。

客室のとびらはそとにならんでいる。客はロイズたち以外にもなんにんかいるらしい。いくつかの部屋の窓からあかりがもれている。

「1号室」のあかるい窓にちかづいてみたが、室内をのぞいてもだれもいなかった。「2号室」の窓もあかるかったが、もれきこえたはなしごえから、中にいるのはわかい男女のカップルのようだった。「3号室」の窓はくらかった。しかしこの部屋は客がいないというよりも、部屋そのものがつかわれていないようだった。うちがわから窓に板がうちつけられている。どのような理由からそうしているのかわからない。となりの「4号室」にちかづいた。部屋にあかりがついており、光にすいよせられた蛾《が》が窓のそばを舞っていた。

「ほんとうにすみませんねえ。あの人は心配性だから、こうしておかないとサンドイッチもたべられないんです」

　窓のそばにたつと、もうしわけなさそうな声がきこえてきた。ちょびヒゲの顔がおもいうかんだ。ブラウニーの声にまちがいなかった。ぼくはものおとをたてないよう注意してきき耳をたてた。

「ちょっとおおげさすぎません？　車の中で約束したでしょう、絶対ににげないって」ふまんそうな母の声だった。

「わたしだってこんなことしたくないんです。ロイズさんの命令なんだからしかたないじゃないですか」困惑しているブラウニーの声。

　ぼくは窓から室内をのぞいた。ベッドのそばに彼のまるいからだが見えた。母があおむけでベッドに横たわっている。ロープをつかって両手首と両足首をベッドの四隅に固定されている。

「トイレに行きたいとき、どうすればいいんですか」

「そのときだけはずすことにしますよ、おくさん」

　室内にロイズは見あたらない。ひとりで食事にでも行ったのかもしれない。いまがチャンスだ。ロイズがもどってくると、相手はふたりになってしまう。ぼくはとびらのまえに移動した。目をとじて呼吸をととのえる。拳銃をにぎりしめた。手の中にあるかたくておもいかたまりがこころづよかった。どうじにおそろしくもあった。発砲するつもりはない。先端を相手にむけるだけだ。それだけでいい。ブラウニーはおびえるにちがいない。でも、おそいかかってきたらどうする？　そのときは撃たなければいけない。ひきがねをひくのだ。弾丸を発射する。母をすくいだすためには必要なことだ。ぼくにそれができるだろうか。手にあまるものをにぎりしめている。しかしいまはこれにたよるしかない。ぼくはとびらをノックした。

「はあい！」ブラウニーの声とちかづいてくる足音がとびらごしにきこえてくる。彼がとびらをあけた。一瞬、ぼくの頭上を見つめる。彼はロイズの顔をさがしたのだろう。ロイズはぼくよりはるかに背がたかい。ぼくは拳銃のさきを彼のまるくてやわらかいおなかにぶすりとつきつけた。

「両手をあげてよ、ブラウニーさん」

ようやく彼は気づいた。おなかにめりこんでいる銃のさきを見て、ひぃ、と声にならない悲鳴をあげた。よろめきながら彼はうしろにさがる。足をもつれさせて、まるいからだがボールのようにゆかをころがった。

「リンツ！」ベッドの上で母がおどろいた顔をする。

「母さん！」ぼくはブラウニーに拳銃をむけたまままちかづいた。

「あんた、それ、なにもってるの！」

「銃さ」

「すてなさい！」

「いま？　冗談でしょう？」

ブラウニーがたちあがって部屋からにげようとした。

「ストップ！」ぼくは拳銃をかまえてさけんだ。

「ひぃ！　撃たないで！」

「じゃあ、じっとしてて！」

彼はほおを涙でぬらしながら部屋のまん中にたった。手の中にある黒くてかたい金属のかたまりが彼をおびえさせていた。拳銃をかまえたまま、母の手首にまいてあるロープをほどいた。母は自分で足首を自由にするとたちあがった。

「こらっ！」

母がぼくの手から拳銃をむしりとろうとした。

「まって！　いまはだめなんだ！」

「あんたは子どもなのよ！　それがどんなものだかわかってるの!?」

ぼくが拳銃で人をおどしているようすが、当然ながら、母は気にくわなかったらしい。しばらくのあいだ、ブラウニーをたたせたままで、ぼくと母ははなしあいをした。ぼくは、自分が拳銃をもっていることのただしさをはなした。母は、子どもが武器をもっていることのおそろしさについてかたった。結局母はためいきをついて「しようがない、いまだけよ」とあきらめた。ぼくと母はブラウニーに気をつけながら部屋の出口にむかった。ブラウニーはあいかわらず恐怖でくちびるをふるわせていた。

「母さんはさきに行って。部屋をでてとおくにはしって」

母は心配そうにぼくを見ていたが、とびらをぬけてそとの暗闇に消えた。ぼくはブラウニーにむきなおり、彼のつぶらなひとみをにらみつけた。

「ぼくは怒ってるんだぞ」

「ひぃぃ！」

「あなたたちはぼくからうばった。地図に聖書。町での生活。友人たち……」

ブラウニーは顔を青くした。

「いっそのこと、ここで撃ち殺したいよ。でも、そんなことはしない。母さんがかなしむからね。こんどこそおわかれだよ。さようなら、ブラウニーさん！」

ぼくは拳銃をむけたままあとずさりして部屋をでた。母はどっちの方向へにげただろうか。部屋をでた直後にそうかんがえた。しかし母をおいかける必要はすぐになくなった。母は部屋をでたところにたっていた。母のうしろにロイズがいた。彼はかたほうの腕で母の腰をだきしめている。もうかたほうの手にはナイフをにぎっており、それを母の首すじにおしあてている。食事のときにワインでものんだのだろうか。彼の目は充血して赤くなっていた。

「リンツくん。そんなぶっそうなものはすてたまえよ」

ロイズはそう言うと大爆笑した。おいかけてきたぼくのことも、拳銃のことも、にげだそうとしてつかまった母のこともおかしいらしかった。彼がわらうたびに、もっているナイフのさきもふるえて、母の首がいまにもきられそうだった。

「ロイズさんはお酒をのむと、ひどくわらいやすくなる体質なんですよ。イメージがこわれるので、世間には秘密にしているんですがね……」

ブラウニーがおそるおそるちかづいてきて言った。

2　出発

深夜になってようやくロイズはわらうのをやめた。ブラウニーの運転する車の後部座席で、彼は頭をおさえてうめきはじめた。

「のみすぎはよくないとおもいます」

母がひややかな顔で声をかけた。ロイズは首を横にふった。

「ひとくちしかのんでませんよ。おかげで酒代はいつもやすい」

「酔った状態でナイフをつきつけるなんて、いいおとななんだからやめてください！」母の首すじには、ナイフのおしあてられたあとが赤くのこっていた。母が人質にとられたあと、ぼくはすぐにこうふくし、拳銃をブラウニーにあずけた（酔っているロイズよりブラウニーのほうがましだった）。部屋にしばらく監禁されたあと、ロイズにめいじられるまま車にのせられた。ぼくと母はそれぞれ両手を背中がわで固定された。ブラウニーは拳銃を車のトランクにしまいこんで、ぼくはもう切り札になるようなものをもっていない。ブラウニーはロイズに指示されて車を町はずれにむけてはしらせていた。

「あなたは反省すべきよ。いつかむくいをうける」

母はロイズをにらみつけた。

「やれやれ、きらわれたものだ。画学生に変装していたころがなつかしい」

ロイズはためいきをついた。

「自分のしたことがわかってるの⁉　人だって死んでるんだ！　母さんは画学生だっ

たあなたにパンをめぐんだ！　それなのにこんなしうちはひどいよ！」

　ぼくの言葉を、ロイズは鼻でわらった。

「パン？　ああ、あれか！　あのかたくてやすっぽくていかにも貧乏人がたべそうなパンか！　まずそうだったからすてたよ。ホテルのうらがわに川があっただろ。あそこにポイさ。川と言えばブラウニー、そこを右にいってくれ。もうすぐ川にでるはずだ」

　やがて車は川のそばで停止した。土手は雑草でおおわれている。ぼくと母はロイズに言われて車からおりた。月あかりでまわりはほのかにあかるかった。川には木製の橋がかかっており、橋のたもとに車のとめられるひろいスペースがあった。そこにはすでに軽トラックがおかれている。車体はどろでよごれており、ぼくとドゥバイヨルがのってきたものにまちがいなかった。

「この車、老人の家にあったものです。ロイズさんのかんがえたとおりです。リンツくんがこの町にきたということは、だれかが車を運転してきたはずです」

　ブラウニーが軽トラックをしらべた。つかまったあとでぼくはいろいろなことを質問されたが、ほんとうのことはなにも口にしなかった。しかしロイズは、ぼくをつれてきただれかが、すでに地図の印の場所へむかっているかもしれないとかんがえていた。

「車がおかれたままだ。ということは、まだ宝をもってにげられたわけではない。ブラウニー、トランクから懐中電灯をだせ。ここからはあるきだ」

ブラウニーがトランクから荷物をだした。

「メリーさん、もうすこしだけおつきあいねがいますよ」ロイズは母にちかづいて、ていねいな口調で言った。「ついでにリンツくんも」じゃまものをあつかうようなそっけなさでつけたした。「忠告しておくが、どちらかがにげようとしたら、のこったほうはひどいことになるからね」

ぼくと母は、ふたりに前後をはさまれて、うっそうとした森の中へ突入した。フクロウのなきごえがくらい木々のあいだにひびいていた。ぼくたちは枯葉をふみしめながらゆっくりあるいた。木と岩石が入りくんでいて迷路のようだった。先頭のロイズが懐中電灯でてらしながら道をえらんだ。川の音がきこえるたびに、自分たちは川ぞいをあるいているのだとおもいだした。両手首をしばられたまま不安定な道をあるくのは困難だった。ころんでも、とっさに手をつきだしてからだをささえることができない。岩石をのぼる場所では、ロイズやブラウニーの手をかりた。とちゅうでひとやすみして食料をわけることになった。ぼくと母はよりそって石の上に腰かけた。木々のあいだから月が見えていた。ロイズはおりたたみ式のナイフをもっており、それでソーセージをきりはじめた。作業をしながら彼はブラウニーに小ごえで耳うちしていた。ぼくもまた、彼らにきこえないような声で母と会話をした。

「なんでぼくたちをつれていくのかな」

二時間ちかくあるきつづけたせいで、母はすっかりくたびれたようすだった。

「宿屋にのこしたら危険だってかんがえたんじゃない？　たすけをよばれたら面倒そうでしょう？」

「でも、こんな苦労してつれていこうとするかな？　岩をのぼるとき、手伝ってくれたんだよ。ねえ、もしかして、人のいない場所までつれていって、ぼくたちをどうにかするつもりじゃないかな？」

母が青ざめた顔でロイズを見た。ロイズのにぎっているナイフに月あかりが反射していた。彼はそれで、スパッ、スパッ、とソーセージをきっていた。

森はのぼりざかになっており、すすむほど夜空にちかづいていった。ときおり、木々のあいだから川がのぞいた。いつのまにか川は滝のような急流になっていた。いつか学校でならったことがある。川をずっとさかのぼると、ほそく急ながれになるのだ。

「つり橋だ」

森をとおりぬけたところでロイズがたちどまった。ブラウニーの懐中電灯が、川にかかっている古いつり橋をてらした。川というよりもそこはむしろがけの底で、地面をふかく彫刻刀でほりぬいたような場所だった。ブラウニーはハンカチで顔中にうかぶあせをぬぐいながら、懐中電灯を下にむけた。

「ひぃ……。こりゃ、おちたらたまらん」

はるか下に川が見えた。はげしいながれの音が岩壁にひびいてきこえてくる。

「地図によると印の場所はもうすぐだ」

ロイズは荷物から地図をとりだしてながめていた。

「それはぼくの地図だぞ。本もかえしてよ」

ぼくはロイズをにらんだ。彼は面倒くさそうな顔で返事をした。

「まちたまえよ。印の場所にあるものを確認したら、どっちもきみにかえしてあげよう」

「この人がほんとうにかえしてくれるかしら?」

母がぼくに言った。わざとらしく、ロイズにきこえるような声だった。

「メリーさん! あなたはわたしのことをなにもわかってない! なげかわしい!」

ロイズはほんとうにショックをうけたような顔だった。

つり橋の縄はいかにも古く、いつきれてもおかしくないように見えた。板もくさってところどころにこけがはえている。体重をかけるとわれてしまいそうだった。ねんのためひとりずつわたることにした。

「よし。ここらであるく順番を入れかえよう。ブラウニーからわたれ」

ロイズの命令で、ブラウニーが一番手となった。かわいそうな彼はロイズの命令にさからうことをおもいつかないようだった。つり橋をきしませながら、彼のまるいからだはほんたいがわのがけにたどりついた。つづくぼくたちはやすらかなきもちでつり橋をわたった。ぼくたちの中で一番、からだがおもいのはまちがいなくブラウニーだった。彼がのってもおちないのなら、自分たちのおもみでつり橋がおちるはずがなかった。ロイズもドゥバイヨルといっしょだ。他人のことをなんともおもっちゃいない。彼は、つり橋がおちるかどうかを確認するためにブラウニーを先頭にしたのだろう。

ぼくたちはふたたび山道に入った。もうすこしで地図に印のあった場所が見えるはずだ。四人ともいつからか無言になっていた。ぼくはあるきながらフクロウのなきごえをきいていた。うしろをふりかえると、ロイズが手もとを見つめながらあるいていた。彼は赤いカードをにぎりしめていた。

「それは？」

ぼくが声をかけると、ロイズは口もとにほほえみをうかべた。

「怪盗がのこしていったカードさ」

あるきながらロイズはぼくにカードを見せた。なまえのつづりといっしょに、風車小屋のペン画がえがかれている。すこしまえにノイハウスホテルで見せてもらった「No.21」のカードだった。

「いまだからきみに言える。このカードにえがかれている絵の筆致と、きみが見つけた地図の絵の筆致は、まったくおなじだった。文字のかたち、線をひくときの強弱のつけかた、すべてがおなじだ。つまり怪盗のカードと、あの地図をえがいた人物は、おなじ人でまちがいなかったというわけだ」

ロイズは深海のように青いひとみをかがやかせていた。ぼくは複雑なきもちにさせられた。彼は子どもを平気でなぐる悪人のはずだ。しかしその純粋な顔は、ぼくのすきだったヒーローをおもいださせた。

「いまさらおしえられてもおそいよ！」

「おめでとう。きみは本物の怪盗ゴディバの地図を発見した」

「おかげでひどい目にあわされましたよ。だれかさんにね」

まえをあるいている母が、なんのはなしをしてるの、という顔でぼくたちを見た。

ロイズはぼくにだけきこえるよう小ごえで言った。

「でも、まだ秘密にしていることがある」

「秘密？」

「世間には風車小屋の絵のことを秘密にしていただろう？　このカードには怪盗のなまえと通し番号しか書かれていないってみんなにおもわせておいた。でも、まだ公表していない秘密がこのカードにはあるんだ。わたしとガナッシュ警視、あとは警察の中枢《ちゅうすう》にいる数人しかしらない。あるいは、カードを最初に見つけた被害者や、捜査員たちの中には気づいた人もいたようだ。しかし彼らも、おもいちがいだったとかんがえなおすらしい。人間のこころというのはおかしなものだね」

「ブラウニーさんは？」

「彼もしらないことだ。なあ、リンツくん。わたしはいま、きげんがいいからこんなことをはなしている。たしかにわたしは、怪盗などつかまらなければいいとおもっている。いまのままならお金がたくさんもらえるからね。でもいっぽうでは、彼のことをしりたいともおもっている」

「結局、その秘密ってなんなんです？」

「あとでおしえてあげよう」

東の空があかるくなりはじめていた。うすいあさもやがあたりにたちこめはじめた。もやは次第に濃くなっていき、ついには数歩さきも見えなくなった。以前にロイズからおしえてもらったホワイトショコラという霧のことをおもいだした。怪盗は霧にまぎれてにげさっていったのだ。

「ロイズさん……」先頭をあるいていたブラウニーが言った。「山道がおわりました」ぼくたちは森をぬけた。朝日がもやをとかして、ぼくたちの視界が急にひろくなった。どうやら山頂ふきんの斜面らしかった。背たけのひくい緑色の草があたりをおおっていた。標高のせいか空気がつめたかった。はきだす白い息は風の中にとけた。うつくしいだけの場所ではなかった。異様なものが斜面にたっており、ぼくたちはそれをまえにしてたちすくんだ。朝日を背中にうけて、それははじめのうち黒いかげにしか見えなかった。

「十字架……？」

母がぼうぜんとした顔で言った。もやの中にそびえている影は巨大な十字架のかたちをしていた。ぼくの住んでいた三階だてのアパートメントの屋根よりも巨大だった。ロイズが首を横にふった。

「いや、十字架じゃないぞ。これは……」

もやが晴れて、斜面にたっているものが見えるようになった。四本の回転するはねがついていた。円筒形の胴体はレンガがつみあがってできていた。それは風車小屋だった。

おり、ちょうど十字のかたちに停止していた。ふもとからあがってきたぼくたちには、はねと胴体がかさなりあって巨大な十字架に見えたのだ。地図にえがかれていた金貨の印は、風車小屋の位置をしめしたものだったらしい。目のまえにあるけしきに見おぼえがあった。地図のうらにえがかれている絵そのままだったのだ。地図の絵も、カードにえがかれていた絵も、すべてこのけしきをえがいたものだったらしい。

「おや……？」

ロイズが足もとの地面を見て声をだした。彼は草のあいだからなにかをつまみあげた。まあたらしいたばこのすいがらだった。雨や風にさらされたようすがない。つい最近、ここでだれかがたばこをすったようだ。ドゥバイヨルだ。ぼくはこころの中でつぶやいた。

「風車小屋にだれかがいるらしい」ロイズはすいがらをなげすてた。「いまこのときから、いっさいのおしゃべりは禁止だ。ものおともたてないでくれ。もしおおきな声でもだしたら、そのときはひどいめにあうぞ」ロイズはおりたたみ式のナイフをブラウニーにわたした。彼じしんは上着のうちがわから拳銃をとりだす。祖父の家でいすの脚を撃ちぬいた小さな拳銃だった。ロイズはブラウニーに命令した。「ふたりといっしょにここでまっていろ」

「なにするつもり？」母がロイズの拳銃を見て不安そうな顔をする。

「男はきそいあう生きものなんですよメリーさん。しずかにここにいてください。心配しなくてもだいじょうぶ。あなたのために、生きてかならず……」

「心配してませんし、かえってこなくていいです」

「あ、そうですか……」

ロイズはさびしそうに拳銃の弾を確認すると、風車小屋にむかってとぼとぼとあきはじめた。朝日にかがやいている斜面を、彼の背中が小さくなっていく。ぼくと母とブラウニーは、山道をぬけたすぐの場所にたってロイズを見まもった。

「こっそりちかづいて、ドゥバイヨルのふいをつくつもりなんだ」

ぼくがつぶやくと母がききかえした。

「ドゥバイヨル？　おじいちゃんの家にいた子？」

「町に入るときわかれたんだ。彼はこの場所にさきまわりしたんだよ」

ブラウニーが口にひとさし指をあてた。

「しーっ！　だまって！」

もしもブラウニーがナイフをもっていなければ、ぼくはおおきな声をあげてドゥバイヨルにしらせていただろう。ロイズがきたよ！　と。しかしぼくはナイフがおそろしくて声をあげられなかった。ドゥバイヨルが風車小屋にいないことをこころの中でいのった。

ロイズが風車小屋に到着した。木製のとびらのまえで一呼吸つくと、彼はとびらをけやぶって中に入った。風車小屋全体がかたむいているのか、彼が小屋に入ったあと、とびらは勝手にとじた。

火薬のはじける音が斜面にひびいた。

「撃ったの？」

母がきいた。風車小屋の中がどんな状況にあるのか、はなれた場所にいるぼくたちにはうかがいしれなかった。

「ねえ、ロイズさんは撃ったの？」

母がもう一度、きいた。

「だまって。いいですか、おくさん。だまって」

ブラウニーが深刻な顔をしていた。彼のにぎっているナイフはまっすぐに母のほうをむいていた。

「母さん、しずかに。いまのは銃声だよ。ロイズが撃ったんだ」

ぼくたちは無言で風車小屋を見つめた。銃声がしたあとはしずかそのもので、とびまわっている鳥のさえずりがあたりにきこえていた。そのうちに小屋のとびらをあけてロイズかドゥバイヨルが勝利の宣言をするものだとかんがえていた。しかしいつまでたってもその気配はなかった。

「ブラウニーさん……」

銃声がきこえて五分がすぎたとき、母が心配そうにつぶやいた。ブラウニーは決意したようにうなずいた。

「あと一分間、なにもなかったら行ってみましょう」

時計を見つめてブラウニーは一分がすぎるのを確認した。風車小屋のとびらはとじたままだった。太陽はすこしずつたかさをましていき、あさもやも完全に晴れわたっていた。ぼくたちはおそるおそる斜面をあるきはじめた。

3　風車小屋

風車小屋はまぢかでみると迫力があった。レンガづくりの胴体は空にむかってそびえる塔のようだった。はねは木製の骨ぐみに布がはられた構造になっている。小屋のとびらに金属製のプレートがはまっていた。そこに「G」ときざまれている。心臓がはねあがった。【GODIVA】の「G」にちがいない。やはりこの風車小屋は怪盗のものなのだ。ぼくたち三人はとびらのまえにたって耳をすませた。中からくるしげなうめきごえがきこえた。ぼくと母とブラウニーは声をださずにおたがいの顔を見た。とびらをあけるのはブラウニーにまかせるしかない。ぼくと母は両手をうしろでしばられているからだ。母をうしろに下がらせてブラウニーはとびらをあけた。風車小屋の中はうすぐらかったが、あかりとりの窓から入る光と、とびらのすきまから入る光とで、中の状況は一目でわかった。

「ロイズさん！」

「ドゥバイヨル！」

ブラウニーとぼくは同時にさけんだ。

ロイズとドゥバイヨルは地面におりかさなって必死の形相《ぎょうそう》でくみあっていた。ドゥバイヨルの右手が相手の首をしめつけている。

ロイズはとがったガラスの破片を右手ににぎっており、それを相手の目につきさそうとしている。そばにはわれたガラス瓶がころがっていた。彼がにぎっているのはその破片なのだろう。

ふたりともかたてで相手を攻撃しながら、もうかたほうの手で攻撃をふせいでいる。おそるべきことに力はおなじくらいらしい。どちらかが勝ちそうになることも、どちらかが負けそうになることもなく、ふたりはかたまっていた。ぼくたちが見たときはドゥバイヨルが上になっていた。そのまえはさかさだったのだろう。なんども入れかわって小屋の中をころがったらしく、ふたりの服はどろやわらでよごれていた。ふたりは目だけうごかしてちらりとぼくたちを見た。しかしすぐに歯をくいしばっておたがいの顔をにらむ。どちらも顔がまっ赤である。首をしめる手も、ガラスの破片をにぎった手も、それらをふせいでいる手も、すべてこきざみにふるえている。すこしでも力をぬくと相手に殺されるのだ。その状態がおそらく、しんじがたいことに五分以上もつづいているらしい。

拳銃は地面にころがっていた。銃弾はドゥバイヨルのからだをそれたらしい。ロイズは反撃にあって拳銃をとりおとしたのだろう。ブラウニーがよっこらしょとかがんで拳銃をひろった。

「ふたりとも！　やめてください！　もうおわり！　さあ！　はなれて！」

拳銃をかまえてブラウニーがおおごえをだした。くみあった状態のふたりが血ばしった目をブラウニーにむけた。ドゥバイヨルはなおもロイズののどをにぎりつぶそうとする。ロイズもガラスの破片を相手の目にさそうとしてやめない。ブラウニーは上にむかって発砲した。ほおをはたかれるような音の衝撃がある。ドゥバイヨルは、銃口からふきあがった火花とロイズの顔を交互に見たあと、したうちして相手の首から手をはなした。ロイズはガラスの破片をすててたちあがる。のどをおさえてげほげほとせきこんだ。

「よくやった、ブラウニー」

ロイズの声はかすれていた。のどがにぎりつぶされる直前だったのだろう。かべに手をついて、血のまじったつばをはきだした。

ブラウニーは拳銃をドゥバイヨルにむけてさけんだ。

「両手をあげてかべぎわにたちなさい！」

ドゥバイヨルは肩で息をしながらぼくをにらんだ。

「小僧、しくじりやがったな！」

銃口がにらんでいなければ、彼のつぎの標的はぼくだったかもしれない。

ブラウニーは、青ざめた顔で入り口にたっていた母を風車小屋にまねきいれた。ぼくとドゥバイヨルと母の三人は、彼の命令でかべぎわにたたされた。

「かわれ、おまえが銃をもつと、あぶなっかしくてしかたない」

砂ぼこりまみれの髪をととのえたロイズが、ブラウニーにちかづいて右手をさしだした。ブラウニーはぼくたちに拳銃をむけたままロイズからも距離をとった。

「どうした、ブラウニー？」

ロイズが意外そうな声をだした。

「なにを言ってるんですか。あなたもですよ、ロイズさん。あなたもかべぎわにたってください」

ブラウニーが、さも当然という顔つきで言った。

「うそでしょう！　ブラウニーさん！」

ぼくはおもわず声をあげた。ちょびヒゲとつぶらなひとみのせいで、ブラウニーの顔はぬいぐるみのようだった。かわいらしい顔のまま拳銃をにぎりしめているすがたがぶきみだった。

「臆病なわたしの秘書はどこへ行った？」

　ロイズは困惑ぎみに言った。

「秘書？　どれいのまちがいでは？　いつもわたしのことをバカにしていたくせに」

ブラウニーはつぶらなひとみをパチクリとまばたきさせた。

「バカになんかしていないよ」ロイズはあせったように弁解した。

「ふん。まあいいでしょう」

「ここでうらぎることにきめてたのか？」

　ブラウニーは上着のうちがわからもう一丁、拳銃をとりだした。ぼくが宿屋にもちこんだガナッシュ警視の拳銃だった。車のトランクにしまわれていたはずだが、ひそかにもってきていたらしい。そういえばトランクをあけて荷物をとりだしたのはブラウニーだった。

「ほんとうはこれをつかって、あなたをうしろからズドンとやるはずでした」

　しかしもうガナッシュ警視の拳銃をつかう必要はない。彼は偶然にロイズの銃をひろうことができた。彼以外の人間はまるごしだった。運のわるいことに、ロイズはさきほどおりたたみ式のナイフまで彼にプレゼントしてしまった。ロイズは顔を青ざめさせた。

「臆病なふりをするのは大変でしたよ。こんなふうにね」

ブラウニーは「ひぃー！」とさけびながら、ロイズにしかられたときの表情をしてみせた。いかにもなさけない顔だった。彼は演技をやめると、おおきなおなかをゆらしてわらいはじめた。

「きみはわたしのことがすきだとおもってた！」

「もうあなたのわがままにはついていけない」

ぼくと母とドゥバイヨルとロイズは横一列にならんでかべぎわにたたされた。ロイズはうなだれていた。さきほどまで敵だった人間が自分とおなじように拳銃でおどされているというのはみょうなかんじだった。ドゥバイヨルがざまみろという顔でロイズを見た。

「探偵さんよ、これから秘書をやとうときは気をつけな。こんなことになるからさ。まあ、あんたにこれからがあるとはとてもおもえねえけど」

ブラウニーは拳銃をにぎったまま風車小屋の中を観察しはじめた。とびかかって拳銃をうばいとるすきがないものかとかんがえたが、彼もそれを警戒しているようだった。ぼくたちに銃口をむけたままで距離をたもっていた。

風車小屋の中は木のはしごや歯車でいりくんでいた。レンガづくりの円筒の中にたくさんのはりがわたされている。はりのところどころに、あぶらでまっくろによごれた布や、穀物のふくろなどがひっかかっている。はしごや歯車につかわれている木材は白くかんそうしていた。この風車小屋はおおむかしからある年代物らしい。

もっとも目をひくのは巨大な石臼だった。入り口をはいってすぐの地面に、おとなが十人がかりでもうごかせないほど大きな石の円盤が二つかさねておかれていた。上の石にはふとい木のぼうがとりつけられていた。そのぼうは天井のちかくで歯車につながっている。風車のはねがまわると、歯車がうごき、ふとい木のぼうがうごき、ぼうとつながっている石臼もうごくしくみになっている。祖父の家でならった石臼のつくりをおもいだした。石臼がうごくと上下の石のあいだで穀物がすりつぶされて粉になるのだ。

「手入れされているようだな」

ショックから回復したのか、ロイズが小屋の中を見まわしてつぶやいた。

「こわれたところが見あたらない。まだうごくかもしれないぞ。見たまえリンツくん。あそこにあるレバーをうごかせば歯車がまわるはずだ」

彼の言うレバーはおくまった場所にあった。

「それにしても、ちらかってる……」

ぼくはまわりを見て言った。ロイズとドゥバイヨルがつかみあいをしたせいだろうか。材木やガラスの破片にまじって、足もとに新聞がおちていた。見出しにおおきく『ペニンシュラデパートにしのびこんだ泥棒は怪盗ゴディバではなかった！』と印刷されている。先々週の新聞だった。ぼくはロイズのからだを肩でおし、新聞に注意をむけさせた。

「怪盗はここにきてる。それも最近のことだ。でなければ、先々週の新聞などおちてるはずがない！」ロイズが新聞をのぞきこんで鼻いきをあらくした。

「なんだこれは」ブラウニーが声を出した。「いろんな場所にアルファベットがほられている。でも、びみょうにこれは、なまえがまちがってるぞ」

「どういう意味かしら」母がつぶやいた。

「そこのはしらを見てみな」ドゥバイヨルが言った。ぼくたちは木のはしらに顔をちかづけた。はしらに「DGOIVVAA」という文字のつらなりがきざまれていた。ほかにも、はしらの土台になっている石には「GOIIDVA」とほられている。レンガのかべには「OGDV」ときざまれており、またべつの場所には「GVADDD」という文字がならんでいる。「小屋のいろいろなところにほられている。ひとばんで二十個以上は見つけたぜ」とドゥバイヨル。

「どんな意味があるのかな？」ぼくはきいた。

「なまえをほろうとして、まちがったんじゃない？」と母。

文字がおおすぎたり、入れかわったりしなければ、怪盗のなまえになっていたはずだ。ただのかざりだろうか。

「きみが見つけた中に、ただしく【ＧＯＤＩＶＡ】と文字のならんだものはあったのかね？」ロイズはドゥバイヨルにきいた。

「てめえはなかまづらして質問するんじゃねえ」

「いいじゃないか。なぐりあったなかだろ。一個くらいは怪盗のなまえをただしくほったものがあったんじゃないのか？」

「ただしくなまえがほられてるとこに、なにかがかくされてるのかも！」ぼくはおもいついて言った。

「おなじことをかんがえてた」とロイズ。

かべをしらべていたブラウニーが大きな声をだした。

「このつづりだけなまえになっている！　Ｇ・Ｏ・Ｄ・Ｉ・Ｖ・Ａだ！」

入り口と反対のところにあるかべだった。ブラウニーは自分の背たけよりもすこしたかいところを見あげている。【GODIVA】というアルファベットがきざまれていた。怪盗のただしいなまえである。なまえの下にながい矢印がきざまれていた。矢印は地面にむかってまっすぐにのびている。地面はむきだしの土だった。矢印を目でおいかけてブラウニーがつぶやいた。

「だれかがあなをほろうとしたらしい」

矢印のさきの地面に、ひざ下くらいの深さまでほられたあながある。そばにつるはしがころがっていた。

「きみがやったんだね」

ブラウニーはつるはしをひろってドゥバイヨルを見た。いつのまにかガナッシュ警視の拳銃は上着のうちがわにしまわれていた。ドゥバイヨルは地面につばをはいてブラウニーをにらんだ。

「うっせえ、ふとっちょ、だまれ！」

「あぶないところだった。すぐにもちにげできなかったのは、ほりかえす必要があったからだね」ブラウニーは勝ちほこった顔をした。

ドゥバイヨルがしたうちしてぼくをにらんだ。ぼくがつかまらなければ、ロイズたちが予定をはやめて出発することもなく、彼には地面をほる時間が十分にあっただろう。

「ドゥバイヨルくん、ロイズさん、両手が自由なのはあなたたちだけだ。ここをほってもらおう」ブラウニーが銃をもって命令した。

ドゥバイヨルとロイズは地面をほりはじめた。風車小屋の中にはさまざまな道具がおかれてあり、ドゥバイヨルはつるはしを、ロイズはスコップを手にして地面のあなをひろげていった。ブラウニーは石臼によりかかってふたりがサボらないように見はった。彼にこきつかわれるのががまんならないという表情だったが、探偵と町の不良少年はさからわずにからだをうごかした。

「なにがうまってるの？」

母がぼくにきいた。

「怪盗ののこしていったなにかだよ」

ザク、ザク、とあながふかくなるたびにぼくの心臓の音ははやくなっていった。ディーンやデルーカのことをおもいだした。彼らとよく怪盗のかくれ家についてはなしをした。かくれ家にはきっとおおくのしかけやわながかくされているにちがいないと想像をふくらませた。まさか自分がそのかくれ家にいるなんてしんじられないおもいだった。ディーンやデルーカもいっしょにいたらたのしかっただろう。

ドゥバイヨルのつるはしが、地面にふりおろされたときにカチンとなった。なにかをほりあてた音だった。ドゥバイヨルとロイズは顔を見あわせると、ふたりで協力して土をどけはじめた。さきほどまで殺しあいをしていたとはおもえない息のあったうごきにぼくと母はおどろいた。

うまっていたのはひつぎだった。死体を入れておはかにうめる例のやつである。ドゥバイヨルとロイズがそれをかかえてあなからでてきたとき、母の顔がこわばった。

「死体なの？」

母のつぶやきは、おそらく全員がおもったことだった。

「あけるんだ」

ブラウニーの命令でふたりがうごいた。ふたがはずされるとき、母がぎゅっと目をとじた。母の白いほおに、黄色の光があたった。あかりとりの窓からさしこむ光が、ひつぎの中にあるものをかがやかせて、母のほおをてらしたのだ。ひつぎに入っていたのは死んだ人間のからだではなかった。

「母さん。目をあけなよ。見ておかないとそんだよ」ぼくは母に言った。

ひつぎの中で黄金のコインがかがやいていた。ほかにも宝石のちりばめられた首かざりやブレスレット、指輪などが入っている。どれも見おぼえがあった。『英雄の金貨』『おもいでサファイア』『ろくでなしティアラ』『なきむしルビー』など、マルコリーニの部屋でイラストや写真を見たものばかりだ。怪盗ゴディバがぬすんでいったものにまちがいなかった。探偵のロイズが地面にひざをついてまっさきに手をのばそうとした。彼の目は催眠術にかかったようにとろんとしていた。

「はい、そこまで！」ブラウニーが拳銃をロイズの頭につきつけた。ロイズはぴたりとうごくのをやめた。ブラウニーは入り口のそばにおちていた縄をひろってロイズにわたした。「それでドゥバイヨルくんの両手首をしばりなさい。わたしの言うことをきいたら、この財宝をあなたにもわけてあげますよ」

「ほんとうですか!?」うれしそうな顔でロイズはききかえした。その表情には探偵のプライドらしいものはかけらも見あたらなかった。ぼくはこころからがっかりした。

「ほんとうですとも！　わたしとあなたのなかじゃないですか！」

「絶対ですよ、ブラウニーさん！」

ロイズは縄をもってドゥバイヨルにちかづいた。

「このゲスやろう！」

ドゥバイヨルはロイズをけろうとした。ロイズはみがるなうごきでよけた。

「うるさいな！　どうしようがわたしの勝手じゃないか！」

殺しあいがさいかいするのではとおもわれたとき、ブラウニーが拳銃をむけて「やめなさい！」とさけんだ。ドゥバイヨルはくやしそうな顔でだまりこんだ。ロイズはめいっぱい力をこめるような表情でドゥバイヨルの両手首をしばった。ドゥバイヨルの手が固定されると、ブラウニーは満足そうな顔をした。

「おまえみたいなやつがいちばんむかつく！　あのヒゲやろうより最低だ！」ドゥバイヨルはロイズに言った。

「はははははは！　つよいものにしたがうのがわたしの生きかたなのだ！」ロイズは勝ちほこった顔をした。

ドゥバイヨルの歯ぎしりがきこえた。あまりにおおきな歯ぎしりなので、歯がおれてしまうのではとおもった。

「うらぎりもの！」ぼくはロイズに言った。

「なにを言ってる！　そもそも敵どうしじゃないかね！」

「全員をうごけないようにしばりつけてください」とブラウニー。

「どこにしばっておきましょうか」ロイズは手なずけられたかい犬のようだった。

ブラウニーは風車小屋をたてにつらぬく巨大なはしらを指さした。はねの回転をつたえて石臼をまわすためのぼうだった。石臼のそばに階段がとりつけられていた。ぼくと母とドゥバイヨルは、ロイズにおいたてられて階段をあがり石臼にのった。臼のうえはひろく、四人がのってもまだ余裕があった。ぼくたちはひとまとめにはしらへしばりつけられた。ロイズがぼくたちのまわりにぐるぐると縄をまいているあいだ、ブラウニーは穀物を入れるためのふくろをひろって中に財宝をつめこんだ。仕事をおえて石臼からおりようとしているロイズを、母がにらんで言った。

「はじめからわかってました、あなたがそういう人だって！」

母がせめるような目でロイズを見た。

「この世界で生きのこるには、こういうかんがえかたが必要なんです」

ロイズは残念そうな顔で肩をすくめた。彼はわらいをこらえるように顔をふせ、そしてなにかに気づいたようにぴたりとうごきをとめた。

「……。あ、そうだ！　わすれてた！」ロイズはそう言うと、しばられてうごけないドゥバイヨルにちかづいてきて顔をなぐった。「老人をけるなんて、きみはなにをかんがえてるんだ！　いたかったんだぞ！」

ドゥバイヨルの鼻から血があふれでた。目は殺意をたぎらせていまにも炎がでそうだった。ロイズは満足そうな顔でにやにやすると、階段をおりてブラウニーのそばにもどった。ぼくたちは石臼のうえからふたりを見おろした。彼らは風車小屋をでてにげる計画についてはなしあっていた。ぼくはくやしさで胸がはれつしそうだった。

「そこにマッチがおちてますよね。それをひろってください」

ブラウニーは地面を指さしてロイズに言った。軽トラックの中におかれていたマッチだった。ドゥバイヨルがたばこをすうためにもちこんだものが、つかみあいのときにポケットからおちたのだろう。

「これですね？」

ロイズがかがんでひろおうとした。彼が目をはなしたすきに、その頭を、ブラウニーが拳銃でなぐりつけた。ロイズは手足をなげだしてうごかなくなった。ぼくと母とドゥバイヨルはその一部始終をだまってひややかに見つめた。ブラウニーはロイズをかべぎわにはこんでちかくのはしらにしばりつけた。ロイズは完全に気絶していた。ブラウニーは宝をわけようなんてかんがえていなかったのだろう。あわれな探偵ロイズはだまされていたのだ。

「やれやれ。これでようやく故郷にかえれるぞ。ゆるしてくださいね。故郷で母親が病気なんです。妹がいまも看病している。この財宝を家族がまちのぞんでいるんですよ」ブラウニーはぼくたちを見あげて言った。「まったく、ロイズさんの中途半端なやさしさにはこまったもんだ。あのおじいさんの家でみんなをこうしておけば、面倒なことにはならなかったのに。やっぱりつれてきて正解だった」ぶつぶつとしゃべりながらブラウニーはマッチをひろいあげた。彼がなにをするのか気づいて、ぼくは動揺した。

「ぼくたちをつれてくることにしたのは、あなたのアイデア？」

「そうとも。ロイズさんは面倒くさがりだから、きみたちを宿屋にのこしておくつもりだったらしい。でも、わたしがめずらしく言いはったからつれてくることになったんだ。だってそうじゃないか。町で処分するより、山奥で処分したほうが目だたないだろう？」

ブラウニーはマッチをすって火をつけると、小屋のかたすみにあるわらクズへ点火した。わらクズはすぐにもえあがり、そばにおちていた油のしみこんだ布へ炎をうつした。さらに炎は木のはしらをこがしはじめた。母が悲鳴をあげると、気絶したロイズがぴくりと足をうごかした。意識がもどりつつあるのかもしれないが、彼はもういないものとしてかんがえたほうがよさそうだ。

「さようなら。みんなのことはけっしてわすれないよ」

ブラウニーはポケットからハンカチをとりだして涙をふくまねをした。宝の入ったふくろは相当なおもさらしく、かつぎあげると彼のまるいからだがゆらいだ。彼は小屋からでていった。

4　怪盗の秘密

「最悪だ！」風車小屋の中にはわらや布や木材がふんだんにあった。炎はそれらをのみこんでおおきくなった。はしらをつたい、はりにのりうつった。ほおや手足があぶられてはだがひりひりしはじめる。けむりをすいこんで息ぐるしくなった。このままではやけ死ぬかけむりによる中毒で死ぬにちがいない。からだをがむしゃらにうごかすがロープはほどけなかった。

「ごめんね、リンツ」火の粉にたえながら母がもうしわけなさそうに言った。「おじいちゃんの家にいれば、まきこまれずにすんだのに」

「ちがう。ぼくが母さんをまきこんじゃったんだ」

ロイズに手紙をだしたのがいけなかった。ぼくとディーンとデルーカで地図をしらべていればこんなことにならなかった。母が目に涙をうかべた。からだを固定されているため、ぼくたちは最後にだきしめあうこともできなかった。

「だまっていたことがあるの。最後だから言うね……」

「あれ？　ちょっとまって」ぼくは母のはなしをさえぎった。足もとを見おろして、それに気づいた。「ここにも怪盗のなまえが……」

石臼のうえは人がけずってたいらにされている。まん中からずれたところに腕を入れられるくらいのあながあいていた。穀物を入れるあなにちがいない。あなの左右にアルファベットがほられていた。左がわに「G」という文字がひとつ。あなをはさんで右に「D・D・I・V・A」とならんでいる。もしもまるいあなを「O」と見なせば「GODDIVA」とよめる。おや？　Dがひとつおおいぞ？　このもどかしいきもちを、まえにもあじわったことがある。あれは、ロイズにカードを見せられたときのことだ。でも、かんがえているひまはない。

頭上からなにかのおれる音がきこえてきた。衝撃がなんどか風車小屋をふるわせたあと、炎をまとわりつかせたはりが地面におちた。たくさんの火の粉がふきあがる。ちょうのむれのようだった。はりはさいわいになにもないところへおちた。あたっていたら死んでいたはずだ。

「ねえ、リンツったら！　死ぬまえにはなしておきたいことがあるのよ！」

母がさけんだ。風車小屋をこがす炎の音がうるさくて、おおごえをださないとはなしができなかった。そのときドゥバイヨルのうごきに気づいた。彼はおなかのあたりで手をうごかしていた。右手にガラスの破片をにぎりしめ、とがっているところをつかって、三人をしばっている縄にきりこみを入れていた。

「そんなものいつのまにひろったの!?」

ドゥバイヨルは手を血だらけにしながら、ぎり、ぎり、と縄にガラスの破片をおしつける。のこぎりで木をきるようにうごかすと縄がほつれていった。彼のもっているガラスに見おぼえがあった。ロイズが彼の目につきさそうとしていたものだった。

「ロイズに感謝するんだな」とドゥバイヨル。ぼくは耳をうたがった。「ここにしばりつけられるとき、あいつがこれをにぎらせた。さっきあいつ、あなをほるときひろってポケットに入れてたんだろうよ。ぬけめのねえやつだ」

おまけに彼の両手は自由になっていた。手首を不自由にしていた縄が足もとにおちている。

「いつのまにほどいたの!?」

「こっちは簡単にはずれるようになってた。手首にぐるぐるまかれてただけさ。あいつがしばっているふりをするもんだから、こっちもしばられてるふりをしてたってわけだ」

「しばってるふり？　でも、ののしりあってたじゃない！」

「あのふとっちょにさとられちゃいけないからな」

「うそだったの？　ロイズに歯ぎしりしてたのは？」

「だからぜんぶ演技だって言ってんだろうが！　このマザコンやろう！　あいつの芝居につきあってただけだ！」

すぐにはしんじられなかった。彼らが相手をなぐったりにらんだりしていたのは、ブラウニーを油断させるためのうそだったらしい。ふたりのあいだでは、ひそかに脱出のための準備がすすめられていたようだ。ドゥバイヨルがガラスの破片で三人の縄をきったとき、風車小屋の中は大変なあつさだった。自由になったぼくたちは階段をつかって石臼からかけおりた。

「あとはおまえがなんとかしな。おれはふとっちょをおいかける」ドゥバイヨルは、ころがっていたかまをひろってぼくの手首の縄をきった。「まったく、おまえはてまをかけさせる。最低のチビスケだ」彼はぼくにかまをわたすと、風車小屋の出入り口にむかってはしった。

「ドゥバイヨル！　ありがとう！」

彼の背中が風車小屋のそとに消えた。かまで母の両手をときはなつと、ぼくたちはロイズにちかよった。彼は地面にすわったかたちではしらにしばりつけられていた。

頭から血をながしている。からだにまきつけてある縄をかまできった。母が肩をゆさぶると、彼がほそく目をあけた。

「やあ、メリーさん。あいかわらずうつくしい」

「はやくおきてください！」

母が怒った声をだす。ロイズは頭をおさえてたちあがった。すこしだけうつろに目をさまよわせていたが、すぐにはっきりした顔をする。

「ブラウニーのやつ、バーベキューがだいすきだったっけ……」

ロイズはしたうちした。彼はふらついてまともにあるけないようすだった。ぼくと母が肩をかして出入り口にむかおうとした。しかしロイズは手をふりほどいた。

「まだそとにはでない！」

ロイズは石臼をふりかえった。そちらにむかってひとりであるきはじめる。しかしおぼつかない足のせいで階段をあがることができない。彼はぼくを見た。

「たのみがある。石臼のうえをしらべてくれ」

「なに言ってるんです！　はやくにげないと！」母がさけんだ。

「だめだ！　さっき石臼のうえで見つけたんだよ！　顔をふせたときだ！　きみらは気づかなかったのか⁉　石臼に文字がほられてたじゃないか！」ロイズはぼくを見て

必死にたのんだ。「おねがいだよ。あなの中をのぞいてくれ。なにかがかくされているはずだ。いまをのがすと、もうチャンスはなくなってしまう！」

小屋の中で炎のたつまきがあばれていた。火の粉がうずをまき熱気が目をくらませた。にげなければあぶない。しかしぼくは気づくと石臼にむかってはしりだしていた。ロイズの横をかけぬけて階段をあがり、巨大な石の円盤にのる。燃えている木の破片がぱらぱらとおちてきて円盤のうえではねた。穀物を入れるあなにとびつく。くりぬかれたあなの中にはなにもない。下がわの石の表面が見えるだけだ。「なにもないよ！　下の石があるだけだ！」

「うそだ！」彼はさけんだ。母が彼の手首をつかんで出入り口にひっぱろうとする。ロイズはそれにていこうする。母はロイズのほおをひら手うちした。おちてくる天井のはりが地ひびきのような音をたてていた。ロイズはほおをたたかれたとき、なにかおもいついたようだった。「怪盗のやつ、まさか……！」

ロイズの目が狂気じみたかがやきをはっした。新聞や雑誌の中で見た知的な探偵とはちがい、くるった猿のような顔だった。らんらんとしたひとみを見て、ぼくの背すじはぶるっとふるえた。ロイズは足をもつれさせながらおくまった場所にあるレバーへちかづいた。さっきロイズが言っていた。風車は手入れされて、いつでもうごくはずだという。

「用意はいいかね！」

「いいです、ロイズさん！」

ぼくは返事をした。彼は全体重をのせてレバーをひいた。歯車の歯にひっかかっていた木のしかけがガクンとはねあがる。歯車が自由になった。まるで風車小屋は巨大な生きもののようだった。たったいま、その生きものをしばっているくさりがとけたのだ。風車小屋の中にミシミシというきしむ音がひびき、たくさんの火の粉がいっせいにふってくる。母が悲鳴をあげた。たかいところにある歯車が燃えながらかみあってうごこうとしている。自由になった風車小屋が、よろこびにふるえている。ぼくはそとに風がふいていることをいのった。「あなの中を見てろ！」とロイズがさけんだ。歯車がうごきはじめた。風をうけてはねがまわっている。力がつぎつぎと歯車をつたって、石臼につながっているはしらが回転する。ぼくをのせたままでついに石臼がうごきはじめた。

「はりがおちそうよ！」母がさけんだ。

出入り口のうえにわたされた木のはりがもえおちようとしている。おちたら出入り口がとざされてぼくたちはそとにでられずに死んでしまう。

「母さんはさきににげて！」

ぼくはあなをのぞきこむ。下の石の表面があなのおくでうごいている。でもじつはぼくののっているうえの石が回転しているためそう見えるのだ。ロイズはなぜこの石臼にこだわっているのだろう。しかしいまは彼の言うとおりにしよう。ながいあいだ、あこがれていた。探偵の助手になり、なぞが解明されるところにたちあうことを。燃えている歯車がうごき、火の粉の雨がきらきらしていた。ロイズがどうしようもないクズ人間であることはわかっている。それでも、ずっとこうなれたらいいとおもいつづけていた。けむりがしみて涙がでてくる。あなのおくをのぞいていると、ちらりとなにかが見えた。しかしすぐに見えなくなる。

「なにかがあった！　でもとおりすぎた！　いいところでとめないと！」

どうやら下の石の表面にしかけがあるらしい。だれかがそこにくぼみをつくっていた。ふつうの石臼にはあるはずのないものだ。そんなくぼみがあったら、まともに穀物をすりつぶすことができない。きっとそのくぼみの中になにかがかくされている。

「合図したらとめて！」ぼくはさけぶ。そのとき、ロイズのうえに燃えた木材がおちてきた。ロイズがレバーから手をはなしてひざをつく。火の粉をまきちらしながら木材がころがる。ロイズの服に炎がうつった。母が彼にかけより、たちあがらせる。ぼくはふたりに合図をおくった。いまだ！　とめて！　ロイズがよろよろとしたうごきでレバーをおこそうとする。しかしなかなかうごかない。母がかわりにレバーをつかみ、足をふんばって、「ふん！」と力をこめた。レバーがうごいた。歯車のひとつが急停止する。かみあっている歯車がつぎつぎと回転をやめる。風車小屋にゆれるような衝撃がひびく。巨大な生きものがさけびをあげている。ぼくはあなから目をそらさなかった。レバー操作から数秒後、石臼が停止した。あなのおくにくぼみが見えていた。腕をつっこんでしらべた。下の石のくぼみに穀物の実がたまっていた。穀物のかんそうした手ざわりのほか、つめたくてかたいなにかが指さきにふれる。それをつかんでたちあがる。くぼみにかくされていたのは鍵だった。木のプレートがひもでくくりつけられている。母がロイズに肩をかして出入り口にむかっていた。母が天井を見てなにかさけんだ。ぼくはうえを見て、一瞬、目のさっかくかとおもった。はりや歯車が、全体てきにたわんでいた。みずからのおもさにたえきれず、風車小屋のうちがわがいっせいにおちてこようとしている。ぼくは階段をつかわずに石臼からとびおりた。母はロイズをひっぱって出入り口をでる。ぼくも息つぎなしではしってそこへむかった。うえから崩壊の音がきこえてきた。空気がはりさけるようなごう音だった。はしっているぼくのすぐ横に、燃えているはしらがおちてきてつきささった。熱をもった巨大なかたまりがぼくをつぶそうとしていた。頭のてっぺんがこげるようにあつかった。だめだ、つぶされる。そうあきらめかけたときぼくは風車小屋の出入り口をかけぬけた。

すこしはなれたところに母とロイズがすわりこんでいた。あかるいひざしの中で、緑色の野原にちょうがとびかっていた。まるで平和そのもののけしきだった。ぼくはたちあがり、うしろをふりかえった。ごう音をたてて風車小屋が燃えていた。はねに炎が燃えうつっており、あかりとりの窓からけむりがふきだしている。歯車のくずれおちる音がそとまできこえてきた。ぼくがでた直後、おちてきたたくさんの木材で出入り口がふさがれた。ぼくはいきおいあまって斜面にころがっていた。おもいきり空気をすいこんだ。つめたい空気がからだの中にみたされた。

風車小屋がたおれてきたらあぶないので、さらにはなれたところへ移動する。三人とも足がふらついていて、いまにもころびそうだった。

「石臼にはなにが？」あるきながらさっそくロイズがきいた。

「これが入ってました」ぼくはロイズに鍵をわたした。

「いったいどこの……。いや、まて、これは見おぼえがあるぞ」彼は鍵にとりつけられている木のプレートをながめた。

ぼくと母はならんで野原をあるきながら生きのびたことをよろこびあった。ぼくたちはすすだらけの顔を見てわらった。いまさら恐怖がおそってきて、地面にしりもちをつきそうだった。「ねえ、風車の暗号ってしってる?」母がとなりをあるきながらきいた。「子どものころ、わたしの母さんがおしえてくれたの。むかしの人は風車のはねのかたむきぐあいで、近所にしらせたいことをつたえてたって」母はたちどまって燃えさかる風車小屋をふりかえった。風が母の髪をゆらして、すすで黒くなったほおをくすぐっていた。「はねが十字のかたちでとまっていたら『いまはひとやすみちゅう』ってことなの。はねがななめ十字でとまっていたら『お仕事はやってませんよ』。四枚のはねのうち一枚がてっぺんをすこしすぎたところでとまっている……」母はすこしまをおいた。風車小屋はいま、そのようになっていた。「……そのときは『ちかくでおめでたいことがありますよ』って意味なの。たとえば結婚とか、あかちゃんが生まれたりとか」

母はぼくをだきすくめて、おめでとう、とつぶやいた。そういえば地図の絵でもはねのかたむきぐあいはそうなっていた気がする。もしかすると、タイミングをはかって石臼をとめるのではなく、地図の絵とおなじになるようにはねをとめればよかったのかもしれない。

「なんてことだ！」突然ロイズが野原にたおれてうごかなくなった。ぼくと母はかけよって彼を見おろした。「おもいだした、この鍵……」彼は草の中に顔をつっぷしてうめいた。「……3号室の鍵じゃないか！」

彼の手から鍵をつまみあげてしらべた。とりつけてある木のプレートに「3」という数字が書かれている。

「見おぼえがあるとおもったんだ、そのプレート……」

ロイズはズボンのポケットからべつの鍵をとりだした。その鍵にもおなじ木のプレートがとりつけられており「4」という数字が書かれている。

「どうして鍵がふたつも!?」

「ふたつともジャンポール・モーテルの鍵さ。ポケットからだしたのは、われわれがとまっている4号室の鍵。きみが風車小屋で見つけたのは、おそらく3号室の鍵なんだ。プレートも字のかたちもおなじだ。怪盗ゴディバは、おそるべきことに、となりの部屋の鍵を風車小屋にかくしていたんだ」ロイズがぼくの手から鍵をとりあげた。

風車小屋の屋根のがらがらとおちる音がした。

「ゴディバはモーテルの鍵をかくしてた？」

「そのとおりだ」

「ブラウニーがもちさった財宝は？」

「あんなのはにせものだ」

「どうしてわかるの？」

ロイズはポケットから赤いカードをとりだしてぼくにわたした。怪盗ゴディバが犯行現場にのこしていったものの一枚だ。トランプとおなじおおきさのカードには、風車小屋の絵と、怪盗のなまえがしるされている。

「国民に秘密にしている情報があとひとつのこっている。最高機密だったから、ブラウニーにもおしえていなかったことだ」

カードをながめていたぼくは奇妙なことに気づいた。はじめは、自分の見まちがいだろうとおもったが、どうやらそうではないらしい。

「冗談よしてよ。これ、にせもののカードだ」

「なんでそうおもう？」

「なまえがまちがってる」

カードにしるされているアルファベットは、【ＧＯＤＩＶＡ】ではなく【ＧＯＤＤＩＶＡ】だった。『Ｄ』がふたつもあるじゃないか。ちょっと見ただけではわからないが、よく見るとそうなっている。ロイズはほくそえんだ。

「はじめにまちがえたのは捜査員と新聞記者だった。怪盗のきねんすべき一回目の仕事のときだ。【GODDIVA】と書かれたカードが現場にのこされていたのに、それを口で記者につたえた警察の人間が『D』をひとつ言いわすれていた。おかげで新聞には【GODIVA】と印刷された」

ぼくはカードを見つめた。

「どういう意味？」

「そのカードは本物ってこと。怪盗は犯行のたびにカードをのこしていった。手書きのなまえとイラスト、それに通し番号が入った赤いカードをね。ただしなまえは【GODDIVA】じゃない。【GODDIVA】だ。捜査本部はそのまちがいをただそうとしなかった。一回目の犯行のとき、まさかれんぞく盗難事件になるとはおもっていなかったから、おざなりに説明していたんだ。しかしふたたび犯行がおきた。二度目にのこされていたカードも【GODDIVA】と書いてあったが、捜査員は『まえときとおなじカードがのこってた』としか記者たちに言わなかった。新聞記者は一回目のときとおなじように【GODIVA】の犯行だと新聞に書いた。まちがいはいつまでもただされないままだった。そうしてこの世界に怪盗ゴディバというなまえが誕生した。われわれはそれでもかまわなかった。なまえがただしかろうが、まちがっていようが、捜査にはあまり関係ない。にせものを見わけるのにやくだったしね。でも、怪盗ゴディバなんていなかったんだ。いたのは【GODDIVA】。つまり怪盗『GODDIVA《神の歌姫》』だ」

「神の歌姫？　じゃあ、地面にうまっていた宝物は？」

「まちがったなまえの下に、本物の財宝がうまっているとはおもえないね。本物は、ただしいなまえの下にあるはずだ」ロイズは宿屋の鍵をふってみせた。そのとき山道のおくから銃声がきこえた。ぼくたちははなしをやめておたがいの顔を見た。ブラウニーが発砲したにちがいない。はしる体力がのこっていたのはぼくだけだった。ひきとめる母をのこして、ぼくはかけだした。

つり橋のあるがけまでもどったとき、大変なものを目にした。橋の手まえに血だまりがひろがっていたのだ。だれの血だろう？　そばにふたりのすがたはなかった。血だまりから橋のうえまで点々と血のしずくがたれていた。橋のまん中で足場の板がいくつか、われていた。ブラウニーのかかえていた財宝のふくろが、われた板の先端にひっかかっていた。なかみのほとんどはふくろからこぼれおちていた。ぼくは橋のたもとからがけ下をのぞいた。

「ドゥバイヨル！」

はげしいながれにからだをさらわれそうになりながら、彼は岩場にしがみついていた。見えるのは胸からうえだけだ。胸から下はながれの中にしずんでいる。よびかけても反応はない。気絶しているようだ。おそらく最後のちからで岩場に手をのばしたのだろう。ながれにおされていまにも岩場からはなされてしまいそうだった。ぼくは下におりられる場所をさがした。はやくしなければながれにのみこまれて彼はたすからない。しかしつごうよく階段などなかった。ゆるやかな斜面も見あたらなかった。しかたない。ぼくは決意した。

がけはほとんどかべのようだった。ごつごつとした表面に胸とおなかをくっつけて、岩のでっぱりに手足をひっかけた。足のつまさきで体重をのせられそうな足場をさがした。足をすべらせたらいのちはない。手足がふるえて、一歩もうごけなくなる。つよいいきおいの水がドゥバイヨルのからだにぶつかり、しぶきをあげている。ぼくは自分の指さきに言った。うごけ！　岩のでっぱりに指さきをひっかけろ！　つまさきにも命令した。足場をさがせ！　しがみついている岩のかべがくずれ、こまかいかけらがおちる。すこしずつぼくはおりた。急流の音がちかくなってきた。岩肌にぶつかるしぶきの気配もかんじる。

「リンツ！　もどってきなさい！」

がけのうえから母の声がきこえる。見あげると、心配そうな母の顔があった。となりにロイズがいる。いっしょにつり橋までたどりついたらしい。もどる？　ばかな！　ほかにだれがドゥバイヨルをたすける？　ロイズはブラウニーになぐられてふらふらだ。母もきっとがけをおりられない。

母が悲鳴をあげた。気絶したドゥバイヨルのからだが岩場からずりおち、ながれの中にのみこまれようとしていた。

そもそもなぜたすけなければいけない？

あのひどい男に、どうして手をさしのべなければいけない？　死んで当然のやつだ。彼は地獄におちてしまえばいい。業火《ごうか》に焼かれるがいい。あんなやつきらいだ。だってあいつは、ぼくを「移民」とよんで差別した。こんどはこっちがおかえしをするばんだ。あいつにはぼくのきもちなんてわからないんだ。どんなにくやしかったか、わからないんだ。ぼくを虫けらのようにあつかいやがって。ここで死んでしまえばいいんだ。

彼のととのった顔が水の中に消えた。

……どうしてとびこむきもちになったんだ？
ロイズがきいた。

たしかにあいつはいやなやつだ。
でも、いなくなるのはかなしいな……。
あいつが水の中にしずんだとき、そうおもった。
川べりでぼくとロイズはそんなはなしをした。
ぼくはずぶぬれだった。

epilogue

やすみをとりながらヴィタメール町のはずれにもどったときまっぴるまになっていた。ロイズの車の鍵はブラウニーがもっていたのでうごかすことができなかった。しかし軽トラックの鍵は運転席にささったままだった。ロイズがふらふらのからだで軽トラックを運転した。母は助手席に、ぼくは荷台にのった。気をうしなったままのドゥバイヨルといっしょだった。

「川でおぼれたんです」

病院にドゥバイヨルをあずけるとき、母は看護師にそう説明した。病院にジャンポール・モーテルの電話番号をおしえて、彼がめざめたら連絡をくれるようにとたのんだ。ぼくは川であらいながされたのでそうでもなかったが、母とロイズは服がどろとすすでよごれており、顔や手足もまっくろで煙突のそうじ人のようなすがただった。看護師はそのかっこうにおどろいていろいろ質問したが、ロイズがてきとうにあしらった。

三人になったぼくたちは道路ぞいにカフェを見つけると、中に入ってサンドイッチとホットチョコレートを注文しむさぼりたべた。ここでもぼくたちのすがたは目だっていたが、気にしている余裕はなかった。おなかがみたされたあと、いすのうえでぼんやりとした。三人とも口をひらかず、窓のそとをながめたりした。ぼくはなんどかくしゃみをした。服はまだぬれていた。

「よく生きてたもんだ」

さすがのロイズも、ぼくがその場にいることがしんじられないようだった。

「あんたはおおばかよ」

母はかえり道のあいだ、ぼくをしかりつづけていた。ここまで怒られたのははじめてだった。

「それにしても、ドゥバイヨルのからだにおおきなけがはなかったね」とぼく。

「血だまりは、ブラウニーのものだったらしいな」とロイズ。

ジャンポール・モーテルにもどると、ぼくたちは3号室にむかった。窓には木の板がうちつけられており、中をのぞくことはできなかった。ぼくが拳銃をかまえておし入った部屋から、かべを一枚へだてた場所である。

ロイズは風車小屋で見つけた鍵を3号室のとびらにさしこんだ。とびらをあけて入ると、中はほとんどからっぽだった。ぼくはがっかりした。本物の財宝がならんでいるのではと期待していたからだ。ほかの客室にあるようなベッドやクローゼットも見あたらなかった。部屋のかたすみに貧相な木のつくえといすがあるだけだった。つくえのうえに赤いカードと封筒がおかれていた。カードには風車小屋の絵と怪盗のなまえと通し番号がしるされている。通し番号は「No.20」。ロイズがふしぎそうな顔をした。彼は慎重な手つきで封筒の中を確認した。直筆の手紙が入っていた。

この部屋を見つけたあなたに、ごくろうさまと言いたい。ここはぬすんだものをかくしておくためにつかっていた場所だ。この国にあった財宝が保管されていた。しかしいまはもうない。わがはいのぬすんだ財宝はまずしいものにわけあたえることになっており、ほかの場所にはこびだされたのだ。そうすることがわかいころからいだいていたわがはいのかんがえかただった。

ある事情からわがはいはここをさらねばならなくなった。最後にやっておくべきこととして、この手紙を書いている。結局、怪盗としてわがはいがぬすみだしたものはぜんぶで二十一品目だった。このように書くと、もしかしたらあなたはふしぎにおもうかもしれない。

　そのとおり、警察の発表したわがはいの犯行は二十回である。なぜこのようなくいちがいがでたかを説明しよう。警察はわがはいの犯行をひとつ見おとしているのだ。むりもない。なぜなら二十回目の犯行で、わがはいはカードをのこしてたちさることができなかった。おかげでその事件についてはまだ世間にしられていない。

　二十回目にぬすんだものは、わがはいの人生においてなににもかえがたいだいじなものだった。まずしいものたちに富をわけあたえるという理想のためではなく、自分のためにぬすみをはたらいた。そのときの宝はつくえのひきだしに入っている。二十番目のカードといっしょにのこしていこう。あなたがこの部屋へたどりついたあかしとしてそれをうけとるがいい。

GODDIVAより

　ぼくたちはつくえを見た。木のつくえはいまにもこわれそうな古いものだった。ひきだしの中に、まだ警察にもしられていない盗品が入っているという。

「あけるぞ」

ロイズがひきだしに手をかけてゆっくりとひいた。ぼくは息をのんで注目した。はんぶんほどあいてもひきだしはからっぽだった。なにも入っていないのではと心配したとき、おくからころころとなにかがころがってきた。それは手につつめるほど小さなガラス瓶だった。中に灰色の粉のようなものが入っている。ぼくはその瓶に見おぼえがあった。しかしどこで見たのかはわからない。ロイズがつまみあげてしらべはじめた。瓶の口にはまっているふたのすきまから粉がぱらぱらとおちた。

「それは……」母が瓶を見てつぶやいた。

「しってるんですか」

「うちでつかっていた胡椒瓶です。なくなったはずです。ずっとまえに、突然、戸だなの中から消えてたの」

「怪盗がしのびこんでぬすんでいったってこと？　うちの戸だなから？」

ぼくは意味がわからなかった。ロイズがいすに腰かけて肩をふるわせてわらいはじめた。「そういうことか」ロイズはぼくを見た。「きみがはなしてくれただろう。地図を手に入れたときのこと。市場で聖書を買ったときのこと。あれはもともと、胡椒を買いにいったんじゃなかったかな？　つまり、胡椒が家から消えていたから、きみは市場へ行くことになった。怪盗がきみの家から胡椒をぬすみだしたせいで、きみは市場で地図の入った聖書を手に入れた。きみが地図を手に入れたのは偶然じゃなかった。怪盗が意図したことだったのだよ。怪盗の正体は、たぶん、きみと胡椒を買いに行った人物さ」

ぼくは母をふりかえり、それからまたロイズを見た。

「あなたはもっとかしこい人だとおもってた。そんなことあるわけがない」

父とふたりで市場にでかけたことはおぼえている。しかし父は駅のそうじ人だったはずだ。肺の病気で入院し、死んでしまったふつうの人だったはずだ。それに怪盗の二十一回目の犯行は父の死後におこなわれたものではないか。

「うすうすかんづいていたんじゃないですか？」ロイズが母に言った。

「あなたこそ……」と母。

「まあ、かんづいていたかどうかなんて、どうでもいい。だいじなことじゃない。わたしがほしいのは、これを説明してくれる人だ」

ロイズが胡椒の瓶をふった。ぱらぱらと灰色の粉がおちた。

「わたしたちが説明しよう」

うしろから声がきこえた。ぼくたちはおどろいてふりかえった。部屋の入り口にふたりの男がたっていた。かたほうの人物に見おぼえがあった。背たけがぼくとおなじくらいしかない。みじかい手足の彼は、足にギプスをはめており、まつばづえをついていた。

「モロゾフさん！」

ぼくと母はいっしょにさけんだ。おとなりに住んでいるおじさんだった。

「ひさしぶりだね、メリーさん、リンツくん」彼はかたてをあげてあいさつした。うちにとどいた手紙によると、彼は旅行中にどこかの町で交通事故にあい、そのせいで部屋をながく留守にしていたはずだ。まだけががなおっていないのだろう。

「こんにちは、まってたよ」もうひとりの人物がぼくに声をかけた。まるでニワトリのようにやせほそったおじさんだった。見おぼえがないとおもっていたが、どこかできいたような声だった。

「こちらはモーテルの主人で、ジャンポールさんだ。わたしやきみのお父さんとはむかしからのともだちさ」モロゾフさんが紹介した。

「やれやれ。妻にうけつけをたのんでおいたから、ロイズたちが宿泊していることにけさまで気づかなかった。もっと早くしっていれば、きみたちがあぶない目にあうこともなかったんだが」ジャンポールさんがしぶい顔をした。

ぼくと母とロイズはよくわからずにただふたりを見つめるだけだった。ジャンポールさんがぼくに言った。

「わたしたちははじめてあうわけじゃないよ。まえにもなんどかあっている。たとえば最近も玄関まえできみとしゃべったじゃないか。モロゾフと連絡がつかなくなって、わたしはあのアパートメントに行ったんだ」ぼくはきおくをたどっておもいだそうとした。ジャンポールさんはおかしそうにしていた。「それにきみは、わたしの店から胡椒と聖書を買っていった」

「露天商のおじさん！」ぼくはさけんだ。

うけつけのある建物がジャンポールさんのすまいになっていた。ぼくたちはリビングに案内されて、彼のきれいなおくさんとあいさつした。彼のおくさんはエヴァンというなまえで、おかしと紅茶をぼくたちのまえにならべるとおくにひっこんでしまった。「きみのお父さんもよくそのいすにすわって紅茶をのんだものさ」ジャンポールさんはぼくの腰かけているいすを指さして言った。ぼくたちはモロゾフさんとジャンポールさんからさまざまなことをおしえてもらった。彼らが父としりあったのは十代のころで、自分たちの応援している政党のあつまりで顔となまえをおぼえたらしい。

それいらい、三人は文通でおたがいの理解をふかめていたという。そういえば祖父の家ですごしたとき、父のつくえの中にたくさんの手紙が入っていた。

「きみのお父さんが家をでたあと、われわれはある組織をつくった。富めるものからぬすみ、まずしいものにわけあたえるという、われわれのかんがえを実行する組織だ。それがゴッドディーバ。ぬすみだしたものはこのモーテルに保管され、すこしまえに海外へはこびだした。わたしらのしりあいがお金にかえる手はずになっている。お金はさまざまな慈善団体に寄付されるはずだ。これで世の中は、すこしだけましになるぞ」モロゾフさんが説明した。

「なんてもったいない！」とロイズ。

しかし彼らの活動にもおわりがきた。ぼくの父が病気におかされ、死ぬことがわかったのだ。三人ははなしあい、怪盗ゴッドディーバの解散をきめた。父がいなければ活動をつづけることはできなかった。父こそ組織の中心だったからだ。モロゾフさんとジャンポールさんは犯行現場のしたしらべをしたり、しっておくべき情報をあつめたりするやくめをになっていた。犯行の方法をかんがえ、変装やしのび足の訓練をして、ほんとうに宝をぬすみだしていたのは父だった。

「それにしても、聖書に地図をかくしてむすこに買ってあげるなんて……。あいつは、われわれの活動のむなしさになやんでいた。そして、死をまえにしてなにかをさとったのだろう」とジャンポールさん。

「でも、じゃあ、二十一回目の犯行は？　『白銀のブーツ』はだれがぬすんだの？」

ぼくはきいた。

「デメルが計画書だけのこしていた。どのような準備をして、どのようにぬすめばいいかという、ちえが書いてあったんだ。わたしたちがふたりで協力してぬすんだよ。デメルがいなくてこころぼそかったがね」

モロゾフさんが言った。ぼくはしんじがたいきもちで彼らのはなしをきいていた。父が怪盗の中心人物だったなどというはなしは、すぐにはなっとくできなかった。すこしまえなら、怒りだしていたかもしれない。怪盗ゴディバを悪者だとおもっていたからだ。いまはそんなことおもっていないが、だからといって自分のしっている父親の顔と怪盗とをうまくむすびつけられなかった。彼らのはなしによると、父はときおり、ぼくと母にうそをついて外出していたらしい。モロゾフさんの部屋でひとばんじゅう、のみあかしているとおもわせて、じつはこっそり町をぬけだして犯行におよんでいたという。

「あきれた人たち！」母はほおをふくらませて怒った。

「どうしてこんなことを？　地図を聖書にかくしてぼくにわたすなんて」

「むすこにおしえたかったんだよ、自分の正体をね。彼は、きみがいつかあの部屋をおとずれるようねがっていた」

「とおまわりだよ。はっきりそう言ってくれたらいいのに」

「それだと意味がない。きみは冒険をしなけりゃいかん」

「冒険？　殺されるところだったよ！」

「予定外のことがつぎつぎとおこったんだ。ほんとうはもっと安全にきみをつれてくるはずだった。わたしが案内役だったんだ。きみたちに生活の手だすけもするはずだった。しかし旅行中に交通事故をおこしてしまった！」テーブルにたてかけていたまつばづえを、モロゾフさんは手のひらでポンとたたいた。「のっていた車にトラックがつっこんできた。はじめの一週間は意識がもどらなかった。病院でずっとねたきりの状態でね。そのあいだにきみたちの生活はきびしくなっていき、きみは地図を見つけ、探偵のロイズが町にやってきた。しんじられないことつづきさ。でもほんとうは、きみの旅のともはわたしがつとめる予定だった。ジャンポールに警察の友人をよそおわせて、風車小屋の絵のことも怪盗のほんとうのなまえのこともおしえるはずだった。デメルはきみに冒険をあたえたかったんだ。胸のわくわくするようなやつを！」モロゾフさんはハンカチでひやあせをぬぐった。母が両手を腰にあてて彼をにらんでいたからだ。

「まさかわれわれのいないときにいろいろなことがはじまってしまうなんて。しかもそこに悪人たちがかかわってくるなんて想像もしなかったんだ。そこの悪人たちがいなければ、もっと安全に風車小屋へ行けていたとおもわないか？」ジャンポールさんが弁解するように言った。

母がこんどはロイズをにらんだ。ロイズはぼくの肩をたたいた。

「きみはえらいな、ヒントをもらって問題をとくことをしなかった。あえてみずから困難な道をいくなんて」

「あなたのせいでこの子はきけんな目にあったんですよ！」母がロイズにひとさし指をつきつけた。「人も亡くなったんです！」

「どうせみんな性格破綻者《はたんしゃ》さ。社会のクズどもさ。気にすることはない」

「そんなかんがえかたはできません！　あなたは警察に自首すべきなんです！」

母とロイズが口論をはじめた。どちらかというとロイズのほうがおされぎみだった。モロゾフさんとジャンポールさんはこわごわと首をすくめて母を見た。

「風車小屋にかくされていた宝物はにせものだったんですね？」

「つくりものだ。まあ一種のユーモアさ。ところできみにプレゼントがある」

モロゾフさんは胸ポケットから金貨を一枚、指さきでつまんでとりだした。むかしの英雄の横顔がきざまれている。見まちがえるはずがない。それは怪盗のぬすんだ『英雄の金貨』だった。ぬすまれた十枚のうちの一枚にちがいない。それだけでおおきな家が買えるほどの価値があるはずだ。

「すこしくらい寄付せずに自分たちがもらってもいいだろうって、われわれはかんがえた。これはデメルのぶんの一枚。かわりにきみがもらいなさい」

モロゾフさんは金貨をぼくの手ににぎらせた。


ぼくたちはしばらくのあいだ、ジャンポール・モーテルでくらした。モロゾフさんも1号室に宿泊しており、ぼくが窓をのぞいたとき彼が部屋にいなかったのは偶然だったらしい。ロイズは母にせめられてしかたなく手紙を書いた。内容はぼくとドゥバイヨルの正当防衛にかんすることだった。自分とガナッシュ警視が地図をぬすもうとしたせいでこのようなことになったのだ、とロイズは手紙に書き、警視の死は子どもに拳銃をむけたむくいなのだ、という文章で手紙をしめくくった。

「これでいいですか、メリーさん」

「よろしいです」

手紙をよんで満足そうに母がうなずくと、ロイズはほっと胸をなでおろした。いつのまにか母のたちばのほうが上になっており、国でもっとも有名だったはずの探偵が母の顔色をうかがっているさまは大変におもしろかった。

新聞には『探偵ロイズ死亡説！』という見出しが印刷された。ヴィタメール町にあるカフェの女性店員は、新聞をよんで名探偵のゆくえを気にしていた。そのいっぽうで、いつもまっぴるまに窓ぎわの席をひとりじめしている画学生のことをけむたがっていた。

「国中の子どもたちが心配してるよ。首都にかえりなよ」

カフェであみものをしている画学生にぼくははなしかけた。

「すこしまえまで、わたしはにんきものでいたかった。しかしかんがえかたをあらためたんだ」

「どうして？」

ロイズはポケットから胡椒瓶をとりだして見つめた。ぼくの父がうちからもちだしたものを、彼がほしがったのだ。

「政府のために仕事をするのはもういやだ。わたしのかえる場所は、そこじゃない。

もっと小さくてみぢかなところにちがいない」

画学生はさらに意見をつけくわえた。

「それに、ほんとうは子どももなんてきらいなんだ。だってあいつら、口のまわりにチョコレートをべったりつけてるんだぜ。足げにしたいね」

彼を子どもたちのヒーローに復帰させるのはやめたほうがいいぞとおもった。

宿屋でねとまりするようになって五日目のひる、うけつけの仕事を手伝っていた母が一本の電話をうけた。電話は病院からだった。ぼくと母とロイズは、その日のうちに車で病院にむかった。

ベッドにねころがっているドゥバイヨルが病室にいた。おふろに入りせいけつな服をきせられた彼は、いよいよ高貴なふんいきをからだじゅうからただよわせていた。新人の看護師がはじめてその患者を見たとき、天使が地上におりてきたのだと想像するにちがいない。彼が口をひらいてしんじがたい罵詈雑言《ばりぞうごん》をなげつけてくるまで、そのかんちがいはつづくはずだ。

「おまえら、風車小屋で消しずみになってるもんだとおもってたぜ」

ドゥバイヨルは病院のゆかにつばをはいて、とくにうれしそうでもなく言った。

ぼくたちは彼に、つり橋でなにがあったのかを質問した。

「橋のまえであのふとっちょにおいついたのさ」

つかみあいになり、ブラウニーが彼に銃をむけたらしい。

「おれはそれをけりあげた。あのばか、銃をがけにおとしやがった」

しかしブラウニーはもう一丁、拳銃をもっていた。ぼくが宿屋にもちこんだガナッシュ警視の銃だ。上着の中からそれをとりだしてドゥバイヨルにつきつけた。銃口からにげられる場所などまわりになかった。相手は警戒して、さきほどのようにけりあげるすきもない。ブラウニーはひきがねをひいた。発射された弾丸はドゥバイヨルの胸をつらぬくはずだった。しかしそのとき、血をながしたのはブラウニーのほうだった。

自動式拳銃はつくりが複雑だ。そのせいで、ときおり、不具合をおこすという。弾丸は撃ちだされず、ブラウニーの手の中で拳銃がはれつした。ブラウニーの右手はまっぷたつにさけた。こわれた拳銃もまたがけ下におちた。ブラウニーは右手をかばいながらも宝の入ったふくろをすてなかった。青ざめた表情でよろよろと橋をわたってにげようとした。

「おいかけて橋の上でくみついたとき、板が〝バキッ〟だとよ。ふたりでまっさかさまだ」ドゥバイヨルはくやしそうな顔をした。

ぼくはおそろしいきもちではなしをきいていた。その拳銃は、ぼくがもちあるいていたものだ。もしも宿屋でひきがねをひいていたら、ほかのどこかで一発でも発射していたら、まっぷたつになっていたのはぼくの手だったはずだ。

「ちなみにそのあとのことはおぼえているか？」

ロイズはドゥバイヨルにきいた。

「そもそも、なんでおまえがいっしょにいやがる！　このヘボ探偵！」

「川におちてたきみを、リンツくんがすくいあげたんだぞ。あれはじつにいのちがけの行動だった」

「ふん、こいつがおれさまをたすけるのは当然のことだ」

いったいどういうつもりでそうかんがえているのかちっともさっぱりわからなかったが、ぼくは口をはさまなかった。ロイズはにがわらいして、ドゥバイヨルの肩に手をおいた。

「今回の件でわたしがおどろいたのはきみのことだ。きみのように頭のきれる少年をわたしは見たことがない。なあ、わたしの下ではたらいてみないか。もしも探偵業を再開することになったら、助手が必要になる。きみは町のちんぴらでおわる人間ではないよ。きみのような少年が、うすぎたない路地裏でなんの希望もなく消えていくなんてたえられないんだ。もしそうなったら、きっとわたしは、自分をゆるせない。いつまでも後悔しつづけるだろう。どうしてあのとき、わたしは、あの少年に声をかけなかったのか、と。わかるかい、わたしはきみのような少年をすくいたいんだ。ひとりでもおおく。きみのような少年たちが、なまえをのこさないまま消えていくなんて、そんなことあっていいはずがない……」

ロイズはやさしいまなざしでドゥバイヨルを見ていた。ぼくと母は息をのんだ。探偵ロイズの助手になるのは、子どもたちのだれもがいだく夢だった。しかしドゥバイヨルは、ロイズの手をはらいのけ、ひとさし指をちっちっちっとふった。

「おれがおまえの助手？　あんたののうみそはフワフワのわたがしか？　まあ、おまえがおれの助手になるってはなしならかんがえてやってもいいぜ」

ドゥバイヨルとロイズの、プライドをかけたつかみあいがはじまった。看護師がやってきておとなしくしてなさいと怒られるまでそれはつづいた。もしもふたりが手をくんで探偵業をはじめたとしても、絶対にぼくは相談しに行きたくないなとおもった。その日のうちにドゥバイヨルは退院させられた。病院がわがぼくたちに、はやくこの患者をつれていってくれ、とたのんだせいだ。

ブラウニーについてしらべてみたが、それらしい死体が見つかったというニュースも、病院に入院しているという情報もなかった。結局、彼の生死は不明のままとなった。「川ぞこにしずんでるのさ。いまごろ、魚たちのえさだろうよ」ドゥバイヨルは言った。

「これからみんな、どうするつもりなんだろうね」

ヴィタメール町を散歩しながら母にきいた。その日は空が晴れてここちいいあたたかさだった。母はうすい色の上着をはおって、あるきながら町の人々のくらしをながめていた。

「みんなって、ロイズさんやドゥバイヨルくんのこと？」

「ぼくたちもだよ」

全員がゆきばにこまっていた。ぼくと母ははなしあいの結果、住んでいた町にはもどらないことをきめていた。ロイズの手紙がそうさせたのか、警察にだされていたぼくとドゥバイヨルの逮捕命令はとり消された。しかし、ぼくたちが町にもどってそれまでどおりの生活をおくれるかどうかわからなかった。

斜面ばかりの道をあるいていると、町を見おろせる丘にでた。あるきながら母は、父とはじめてあったときのはなしをしてくれた。両親のであいにはひとつの事件がからんでおり、こまっていた母を父がたすけたのがきっかけだった。それはこころがおどるような冒険のはなしで、両親がそうやってしりあったというのがおかしかった。

「母さん、ほんとうは父さんの秘密に気づいてたんじゃないの？」

母は町のほうを見おろしてたちどまった。山あいにちらばっている建物が小さなつぶのように見えた。

「風車小屋の中で焼け死ぬまえに言おうとしたんだけど。……はじめてあったときから、あの人はふつうの人じゃないような気がしたの。でも、気づかないふりをしてた。あの人もわたしが気づいていないというふりをしてた。おじいちゃんの家に行ったときのこと、あの人の部屋にとまったんだけど、つくえの中の手紙をこっそりよんだの。政治のはなしを手紙に書いてた。おじいちゃんの家に行ったのはあの人に秘密だったから、手紙をかくすひまがなかったのね」

「だから母さんは、ロイズの変装にはじめから気づいてた……」

「あんな変装したってむだよ。あう人は全員、ロイズの手先なんじゃないかって観察してたんだから」

いつも食器だなにおかれていた写真は、画学生が夕食をいっしょにたべているとき、見あたらなかった。母がこっそりかくしていたのだろう。写真には父の書いたメッセージが入っていた。画学生が目にして、カードの字のかたちとおなじであることに気づかれたくなかったのではないだろうか。

「もしもロイズがうちにやってくるようなことがあったら……」母は目をふせた。「こうすることはまちがってるとおもってたのよ。もうあの人は死んでるっていうのに。でも、ロイズがなにかをかぎつけてうちにやってきたら、そうしようとおもってた。ずっとむかしからきめてたのよ……」母がなにを告白しようとしているのかがぼくにはわかった。「あの人が秘密を世間に公表したら、もうわたしやあなたはふつうのくらしができないでしょう。たとえ怪盗がもういなくても。それになんだか、あの人の病気が、探偵ロイズのせいにおもえてしまって。ほんとうはそうじゃないって頭ではわかっていても、こころはまちがってしまうのよ」

ぼくは母の手をにぎった。指がつめたかった。ぼくは母に言った。

「だいじょうぶだよ。あいつは生きている」

ロイズがいやなやつでよかった。ロイズはあのパンを川になげすてたのだ。ホテルのうらの川に、無数の死んだ魚がうかびあがっていた。パンにぬられていた薬がしみだしたせいだろう。母は薬品工場ではたらいていた。強力な薬を手に入れるきかいがあったのだ。ロイズがパンをすてたおかげで、母は人殺しにならずにすんだ。

翌日、ぼくと母は祖父の家に出発した。父の友人二名に見おくられてヴィタメール町をあとにした。ロイズとドゥバイヨルはおいてきた。しかしこれでぼくたちの関係がおわったとはおもえなかった。彼らにまたあう日がくるような気がしていた。

母は軽トラックの運転ができた。いくつか山をこえると道はたいらになった。見わたすかぎりなにもない平野は、祖父の家のちかくをおもいださせた。

「父さんが石臼の中に鍵をかくしてたのは、おじいちゃんのことをかんがえてたからかな？」けしきを見ながらぼくはきいた。「おじいちゃん、納屋で石臼をまわしてたんだ。子どものころ、父さんはそれを見てたんじゃないかな」

母はちらりとぼくを見たが、すぐ運転に集中した。

「おじいちゃんの家に行ったのは、あなたがおなかの中にいるときだった」

「日傘をさして駅からあるいたんでしょう？」

「おじいちゃんからきいた？」

「父さんが秘密をはなさないまま死んだのってかなしい？」

「口にしなくてもよかった。もっとふかいつながりがあったもの」

あけはなした窓から風が入っていた。青空の下で風はさわやかだった。軽トラックのはしったあとにすなけむりがまっていた。母は鼻うたをうたいはじめた。ぼくはそれをききながら、父の血すじのことや、探偵の記事に熱中していたころのことや、拳銃を人にむけたことなどをおもいかえした。祖父の家に到着したらまずなにをしようか。祖父の家にはチョコレートなんてないだろうから、とちゅうで買っていくことにしよう。ぼくはポケットから金貨をとりだした。この金貨でチョコレートはどれくらい買えるのだろう。金貨をまえ歯でかんでみた。これがチョコレートだったらおもしろいのにな。でも金貨はかたかった。ぼくはひらめいた。コインのかたちのチョコレートを金色の紙でつつんで、金貨そっくりのチョコレートをつくってみたらどうだろう。そんな商品はまだどこにもない。でも、はたしてそんなものが売れるだろうか。

夢のようなことをかんがえていると、太陽の光をはねかえして金貨のふちがかがやいた。目がくらんで視界が白くなった。

一瞬、ぼくは光の中でそれを見た。

あれはてた地上をあるいている父と母と子。三人は身をよせあい、故郷をすて、炎とけむりからにげている。自分の中にながれている血は、とほうもない旅をした。祖母は戦争からにげるときのどをやられてうたえなくなった。彼女がうたっていたこもりうたをきいて、父はいつもねむりについていた。

【GODDIVA《神の歌姫》】

旅をする父と母と子にさちあれ。

視界がもどると目のまえには、さきほどとおなじ道がどこまでもつづいていた。

本作品は二〇〇六年五月に「ミステリーランド」から、
二〇一三年十月に講談社ノベルスから刊行されました。
文庫化にあたって改稿しました。

|著者|乙一　1978年生まれ。1996年、17歳でジャンプ小説・ノンフィクション大賞を『夏と花火と私の死体』で受賞し作家デビュー。2003年『GOTH』で本格ミステリ大賞を受賞。叙情豊かな描写と斬新な語り口で時代を代表する若手ミステリ作家となる。著書は『暗黒童話』『暗いところで待ち合わせ』『ZOO』『箱庭図書館』、人気コミック『ジョジョの奇妙な冒険』のノベライズ『The Book』など多数。マンガ・絵本の原作、映画・舞台の脚本執筆、別ペンネームでの活動（？）など、縦横無尽な創作活動を続ける。

銃《じゅう》とチョコレート

乙一《おついち》

2016年7月15日第1刷発行
2023年7月19日第7刷発行

発行者――鈴木章一
発行所――株式会社　講談社
東京都文京区音羽2-12-21　〒112-8001
電話　出版（03）5395-3510
　　　販売（03）5395-5817
　　　業務（03）5395-3615

Printed in Japan

講談社文庫
定価はカバーに
表示してあります

KODANSHA

デザイン―菊地信義
本文データ制作―講談社デジタル製作
印刷―――株式会社KPSプロダクツ
製本―――株式会社国宝社

ISBN978-4-06-293396-4

講談社文庫刊行の辞

二十一世紀の到来を目睫に望みながら、われわれはいま、人類史上かつて例を見ない巨大な転換期をむかえようとしている。

世界も、日本も、激動の予兆に対する期待とおののきを内に蔵して、未知の時代に歩み入ろうとしている。このときにあたり、創業の人野間清治の「ナショナル・エデュケイター」への志を現代に甦らせようと意図して、われわれはここに古今の文芸作品はいうまでもなく、ひろく人文・社会・自然の諸科学から東西の名著を網羅する、新しい綜合文庫の発刊を決意した。

激動の転換期はまた断絶の時代である。われわれは戦後二十五年間の出版文化のありかたへの深い反省をこめて、この断絶の時代にあえて人間的な持続を求めようとする。いたずらに浮薄な商業主義のあだ花を追い求めることなく、長期にわたって良書に生命をあたえようとつとめるところにしか、今後の出版文化の真の繁栄はあり得ないと信じるからである。

同時にわれわれはこの綜合文庫の刊行を通じて、人文・社会・自然の諸科学が、結局人間の学にほかならないことを立証しようと願っている。かつて知識とは、「汝自身を知る」ことにつきていた。現代社会の瑣末な情報の氾濫のなかから、力強い知識の源泉を掘り起し、技術文明のただなかに、生きた人間の姿を復活させること。それこそわれわれの切なる希求である。

われわれは権威に盲従せず、俗流に媚びることなく、渾然一体となって日本の「草の根」をかたちづくる若く新しい世代の人々に、心をこめてこの新しい綜合文庫をおくり届けたい。それは知識の泉であるとともに感受性のふるさとであり、もっとも有機的に組織され、社会に開かれた万人のための大学をめざしている。大方の支援と協力を衷心より切望してやまない。

一九七一年七月

野間省一

講談社文庫 目録

大崎善生 聖《さとし》の青春
大崎善生 将棋の子
小川恭一 江戸の旗本事典〈歴史・時代小説ファン必携〉
奥泉 光 プラトン学園
奥泉 光 シューマンの指
奥泉 光 ビビビ・ビ・バップ
折原みと 制服のころ、君に恋した。
折原みと 時《とき》の輝き
折原みと 幸福のパズル
大城立裕 小説 琉球処分(上)(下)
太田尚樹 満州裏史〈甘粕正彦と岸信介が背負ったもの〉
太田尚樹 世紀の愚行〈太平洋戦争・日米開戦前夜〉
大島真寿実 ふじこさん
大泉康雄 あさま山荘銃撃戦の深層(上)(下)
大山淳子 猫弁〈天才百瀬とやっかいな依頼人たち〉
大山淳子 猫弁と透明人間
大山淳子 猫弁と指輪物語
大山淳子 猫弁と少女探偵
大山淳子 猫弁と魔女裁判

大山淳子 猫弁と星の王子
大山淳子 猫弁と鉄の女
大山淳子 雪猫
大山淳子 イーヨくんの結婚生活
大倉崇裕 小鳥を愛した容疑者
大倉崇裕 ペンギンを愛した容疑者〈警視庁いきもの係〉
大倉崇裕 クジャクを愛した容疑者〈警視庁いきもの係〉
大倉崇裕 蜂に魅かれた容疑者〈警視庁いきもの係〉
大倉崇裕 アロワナを愛した容疑者〈警視庁いきもの係〉
大鹿靖明 メルトダウン〈ドキュメント福島第一原発事故〉
荻原 浩 砂の王国(上)(下)
荻原 浩 家族写真
小野正嗣 九年前の祈り
大友信彦 オールブラックスが強い理由〈世界最強チーム勝利のメソッド〉
乙 一 銃とチョコレート
織守《おりがみ》きょうや 霊感検定
織守きょうや 霊感検定〈心霊アイドルの憂鬱〉
織守きょうや 霊感検定〈春にして君を離れ〉
織守きょうや 少女は鳥籠《とりかご》で眠らない

おーなり由子 きれいな色とことば
岡崎琢磨 病弱探偵〈謎は彼女の特効薬〉
小野寺史宜《ふみのり》 その愛の程度
小野寺史宜 近いはずの人
小野寺史宜 それ自体が奇跡
小野寺史宜 縁《ゆかり》
大崎 梢 横濱エトランゼ
太田哲雄 アマゾンの料理人〈世界一の"美味しい"を探して僕が行き着いた場所〉
小竹正人 空に住む
岡本さとる 駕籠屋《かごや》春秋 新三《しんざ》と太十《たじゅう》
岡本さとる 質屋の娘〈駕籠屋春秋 新三と太十〉
岡本さとる 雨やどり〈駕籠屋春秋 新三と太十〉
岡崎大五 食べるぞ!世界の地元メシ
荻上直子 川っぺりムコリッタ
海音寺潮五郎 新装版 江戸城大奥列伝
海音寺潮五郎 新装版 孫子(上)(下)
海音寺潮五郎 新装版 赤穂義士
加賀乙彦 新装版 高山右近
加賀乙彦 ザビエルとその弟子

加賀乙彦　殉教者
加賀乙彦　わたしの芭蕉
柏葉幸子　ミラクル・ファミリー
勝目梓　小説家
桂米朝　米朝ばなし〈上方落語地図〉
笠井潔　梟《ふくろう》の巨《おおい》なる黄昏《たそがれ》
笠井潔　青銅の悲劇(上)(下)〈瀕死の王〉
笠井潔　転生の魔〈私立探偵飛鳥井の事件簿〉
川田弥一郎　白く長い廊下
神崎京介　女薫の旅　放心とろり
神崎京介　女薫の旅　耽溺《たんでき》まみれ
神崎京介　女薫の旅　秘に触れ
神崎京介　女薫の旅　禁の園へ
神崎京介　女薫の旅　欲の極み
神崎京介　女薫の旅　青い乱れ
神崎京介　女薫の旅　奥に裏に
神崎京介　I LOVE
加納朋子　ガラスの麒麟〈新装版〉
角田光代　まどろむ夜のUFO

角田光代　恋するように旅をして
角田光代　人生ベストテン
角田光代　ロック母
角田光代　彼女のこんだて帖
角田光代　ひそやかな花園
角田光代 石田衣良 ほか　こどものころにみた夢
川端裕人　せちやん〈星を聴く人〉
川端裕人　星と半月の海
片川優子　ジョナさん
神山裕右　カタコンベ
神山裕右　炎の放浪者
加賀まりこ　純情ババアになりました。
門田隆将　甲子園への遺言〈伝説の打撃コーチ高畠導宏の生涯〉
門田隆将　甲子園の奇跡〈斎藤佑樹と早実百年物語〉
門田隆将　神宮の奇跡
鏑木蓮　東京ダモイ
鏑木蓮　屈折光
鏑木蓮　時限
鏑木蓮　真友

鏑木蓮　甘い罠
鏑木蓮　京都西陣シェアハウス〈憎まれ天使・有村志穂〉
鏑木蓮　炎罪
鏑木蓮　疑薬
川上未映子　そら頭はでかいです、世界がすこんと入ります
川上未映子　わたくし率 イン 歯ー、または世界
川上未映子　ヘヴン
川上未映子　すべて真夜中の恋人たち
川上未映子　愛の夢とか
川上弘美　ハヅキさんのこと
川上弘美　晴れたり曇ったり
川上弘美　大きな鳥にさらわれないよう
海堂尊　新装版 ブラックペアン1988
海堂尊　ブレイズメス1990
海堂尊　スリジエセンター1991
海堂尊　死因不明社会2018
海堂尊　極北クレイマー2008
海堂尊　極北ラプソディ2009
海堂尊　黄金地球儀2013

2023年3月15日現在